田耳作品

一天

ONE DAY

田耳——

著

作家出版社

田耳

本名田永，湖南凤凰人，1976年生。1999年开始写作，迄今已发表小说七十余篇，计两百万字。其中包括长篇小说四部，中篇小说二十部。作品多次入选各种选刊、年选和排行榜。结集出版作品十余种。曾获文学奖项十余次。现供职于广西大学艺术学院。

我看着这夜的浓黑

在这星空下无限广袤的泥土之上

这些吃土啃泥的庄稼汉

只能如此这般将日子打发下去

壹

比头茬闹钟更早的电话，一般都让人心惊肉跳。只响两声，我将手机接通，屏上蓝幽幽的来电显示，是我妻于碧珠。我起床往外走，不忘扭头看看床头，女儿小萤在睡，嘴角挂笑，显然做着好梦。她已三岁，开始做梦，好梦噩梦都有相应的表情。妻在县医院当护士，昨晚的夜班。这个时候，通常不会打电话来，怕惊醒女儿。她上班前哄小萤入睡，待次日小萤睁开眼，又能看见她。

像大多数佴城人家一样，私建小楼房，我住二楼，楼下住了老父母。楼下座机也在响，两边电话同时地响，这时，我隐隐感觉到某种关联。

"你堂哥家的女儿又出事了。"妻开宗明义。

"哪个堂哥？"

"还能有哪个堂哥？"

"跟我共一个爷爷的堂哥，有五个。"我提醒，于碧珠未必个个认全。我又说："我晓得你是讲哪个？"

"还能有哪个？"

"三凿（"凿"读"着"的音)？"

其实妻讲了头一句话，我便自动想到三凿。曾经，堂哥三凿有两个女儿，一个儿子。两个女儿是双胞胎，名字还是进城跟我父亲讨来的。我父桐川，曾是菟头村头一个大学生，毕业分到县城工作，有文化。父亲给这一对侄孙取名傅单妮、傅双婕。婕字难写，后改为洁。后来，三凿家里只有一儿一女。

我呼吸顿时有些浊重，清早时分，空气很潮。远处看去，六点半的光景，山的轮廓已然明朗，鸡也鸣狗也叫，河对岸的马路有了不少车辆。楼下的电话有人接，不出意外，是我父亲。母亲有眩晕症，不是随时能起身。

五点多，天还浓黑，下面救护车声音又紧了一阵，ICU收来县高级中学送的重病号，说是一女生从五楼跌下。是否跳楼，尚无定论。这样的事件，隐藏有故事，自是得到最快的传播。我妻在内一科，听人讲起。当时她正往多份病历上填写测查数据，错一项都可能是医疗事故，不敢分心。忙完那一阵，她才问起那女生的情况。一个同事说，女学生名叫傅单妮。妻有印象，赶紧再去打听。ICU大门紧闭，家属还没赶来，学校只有管女舍的阿姨和几个帮着抬人的老师，个个一脸错愕，尚未回过神，问什么全不肯说。稍后ICU门敞开，那女学生被推车推着跑，好几个医生护士护住，不让人靠近。后面就转了院，转到地市人民医院，那里有更好的医疗设施以及水平。"女孩盆骨都骨折了，我们不敢乱动。"ICU 的凌医生跟那些老师解释，"她还小，我们技术不过硬，要是没接上来搞成残废，那真叫抱憾终身。地市医院水平比我们高，希望更大。"

摆了基本情况，妻便依照经验，又讲起她的看法："……显然，凌医生讲话是有策略。他怕惹麻烦，只肯讲骨折。他找一堆理由，把事情推给市人民医院。真实的情况，肯定要比这严重。"

"有没有生命危险?"无疑，此刻，这是我最关心的问题。与此同时，脑里浮现着八年前的画面，犹在眼前。

"这不好说。"妻迟疑了又说，"换是以前，院长还是王景旷，没人会把这种病人往外推。王景旷维护下属，出了事他一人出去顶。那时遇到垂死的病号，医生敢接，毕竟抢救费用高，救不活也有几万。王大胆去年底出事，现在邹院长不敢担责，放话说谁的病人出事故，谁自己认赔。这一来谁还敢给自己找麻烦？稍微有风险的病人，都打发去市医院。"

"你是说，要是王大胆还当院长，医生拒收单妮，情况反而凶险；换了院长，同样拒收，单妮可能还有的救？"

"只是猜测，凌医生不肯讲真实情况。这种事谁会跟人讲？"妻不由感叹，"现在当医生，随时可能惹祸上身。"

"家属来没来？"

"三凿两口子赶到时，救护车正要出发往市医院去。他俩也上了救护车，堂嫂上车就哭，被拉下来，止了哭再爬上去。"

"你再去打听，随时跟我讲。"

"你和爸肯定要过去，帮着处理情况。"妻想得周全，"我跟他们打个招呼，马上赶回家，你直管去。"

我从侧梯下楼，站到一楼门口抽烟，刚扔掉烟蒂，门打开，他走出来。我父七十五，头发依然油黑，平时梳得丝丝不乱。现在，那一头零乱的发，像临时添加了几笔岁月的风貌。他脸纹深密，有如木口版画。

"碧珠跟你讲了？"父亲问我。

我说："三叔打来的电话？"

"他叫了癞叔开车，正往城里赶。"

"半小时能到。"

"我去换一换衣服，你等下陪我去市医院。"

"不用讲。"

母亲不知几时已起床，站在门口，一手扶门，听着我俩讲话。父亲嗓门大，刚才电话里讲了一通，同时母亲一定在床上挣扎，好将自己尽快弄醒。母亲每一次早醒，都有如休克后的苏醒，需要十来分钟。在半梦半醒中，她大概了解了情况，还是问了一句："单妮到底怎么样？"

"不清楚，要往市医院去看。"父亲又说，"要有思想准备。"

"了了。"母亲随时一张苦脸，所以她难过的时候，表情反而没有太多变化。稍后她冲我说："我上去看着小萤。"

"你直管看着，她醒也不要抱她，让她躺床上。碧珠很快到家。"母亲有一次正抱着孙女，忽发晕厥，倒地时小萤也狠狠摔在一旁，从此有点害怕奶奶。

"我知道！"

贰

"妈逼当年我就眼皮跳，晓得这种事情还没完。"

我父嘴中的癫叔，我要叫爷爷。癫爷一边开车，一边用拳砸喇叭。他的长安羚羊，车虽破，嗓门却是不小，一路狂啸着，超了一辆大切，又超一辆大奔。大奔当然不服气，在后头追。癫爷就点评："这杂种，买台大奔以为自己会开车。"

癫爷年纪刚到五十，大我整轮，都是属龙。但在乡村，字辈就是律法，该怎么叫还怎么叫。记得有一晚，我和几个朋友路边拦下一辆的士，逐一钻进去，没想是癫爷的车。我坐后排，所以也没在第一时间认出他。他等我喊他，我也没及时喊。他将车开一阵，叫了我名字，我才意识到是他。"叫爷爷！"他那么说。我没吭声。他说你爹见我赶紧叫叔叔，你不喊？我只好喊，要不然，这事情会在苑头村传开，我若再回到那里，会被人指指戳戳。其实就叫了一声爷爷，那几个朋友都乐不可支，纷纷冲我说："叫爷爷。"我说："我去，他真是我爷爷。"癞爷也满意地说："哎，这就对了。"但以后我就留了心眼，看见他的车，不会招手。我年纪也是不小，叫一个爷爷开车，自己在后排端坐，心里总不踏实。

而我三叔塔佬说："小孩家贪玩，只是不小心跌下来，哪可能……哪可能……"

我父说："县医院讲是怕她残废，命应该是有。送到市医院，水平高，设备也全是进口，搞不好还能恢复一个完人，能跑能跳。"

癞爷说："那是，现在医疗技术高，不比以

前，女人一生孩子，家里人心子就悬起来。要么死大的，要么死小的，要么大的小的一起了，家常便饭。"

"我们乡下人，残就残点，先把命保住。"三叔强自地笑，又说，"单妮长得好，个子也高。"

三叔诨名塔佬，自是身板高大，在苑头村，和谁讲话都要勾起脖子。村里人推选他当村长，当满一届，他不想干了。人们纷纷说，塔佬，你找个个子和你一样高大的，把你代替了，就可以不当。现在营养好，也有后生不断长得高大，但身条子没抽完，都一头往外面扎，哪肯留在村里。三叔只好一直当这个村长，当了很多年，村人便说，左瞧右看，也只有塔佬长一脸官相。他是九七年当的村官。九六年他找到我，要我带他去市里看火车。"我从来还没看过火车，白活这么多年。"他一脸忧伤。我便找车站的朋友帮忙，进到里面，他蹲在月台，将来去的火车看了一整天，将上下旅客的脚杆看了一整天，中午还是我送去盒饭。〇二年，作为优秀村干，他有机会去北京学习访问。去是坐火车，摇晃一整天，回来坐飞机，只消两个多钟头。他给我带来一条（一百支装）毛主席纪念堂的专供烟，表明和毛主席打过照面。但那烟不好抽，纪念品大都不是好东西，只是用于纪念。"几年前我还没见过火车，今年就坐了飞机，两个钟点就能回来。说实话，这一趟来回，我再也看不上火车。"

癫爷将车一拐，过了收费站，驶上高速路。俚城和地市很近，通高速后，三十分钟就可到达市区的南城，市人民医院设在那里。三叔是个话痨，高声大气，将各种平常的事情，当成稀奇讲。听的人，起初觉着好笑，慢慢地就会受三叔感染，随着他大惊小怪。上了高速路，三叔又感叹，回想二十年前头一次去市里，从俚城上车，走走停停大半天，中间很多妇女在车上哕，很多同志跟司机申请下车解手。司机不是人，女同志说话就给方便，男同志一概不理睬。"后来到市里，我找到一个厕所，一口气尿了三个啤酒瓶。"

三叔看着车窗外迅速移动的风景，抚今追昔一番，又要回忆单妮。单妮是他和三嫂带大的，三凿两口子一直在县城务工，很少回家。对于陌生的高速路，三叔能说一堆话，那么对于单妮，讲个几天几夜是没问题。这时，他接到一个电话，嗯啊几声，便陷入沉默。

我们老远看见市人民医院。这时天已亮透，医院主楼是双塔结构，很高，顶楼几个霓虹字仍然闪烁，但光迹黯淡，像即将燃尽的煤饼。很快，车子开进院内，找到急救中心，下车。

三凿，我的堂兄，在门洞处等。他大我两岁，看上去脸纹和我父一样稠。他安静地站在那里等，

身体习惯性瑟缩、佝偻，夹一支烟，有一口没一口
地抽。我们朝他走去，谁也没有喊他，他呆钝地发
现我们的到来。他想了想，脸色陡地一变，还没出
声，眼泪已经喷涌而出。我下意识地去扶三叔，他
个子大，如果腿脚发软，会是一次坍塌事故。三叔
原地站得稳。我仍然扶他，但已感受到三叔的平
静。那种平静，异乎常理，却又如此真实。我这才
想到，三叔在车子上定然颤抖了好久。他坐我身
边，只不过车的晃动掩盖了一切。

一切太快。

癫爷也过来，扶住三叔的另一侧。再往前走，
走廊尽头那扇大门打开，一伙女人出来，都是在
哭，合唱一般整齐。她们都是苋头村人，随着丈夫
在县城打小工。某种程度上，进城较早的三凿，等
同于他们的工头。即使打小工，多年下来，也积攒
了一定的口碑。雇主将电话打给三凿，他再往下派

工，要兼顾每个人的利益。今早三凿两口子搭了急救车赶来，他们也叫辆面包车，往里面塞人，挤得紧紧巴巴，再多一条腿都搁不进去。面包车随后赶到，门打开，有那么多人不可思议地涌出，瞬间便制造了紧张气氛。他们怕吃城里人的亏，遇到事情，尽量抱团应对，图个人多势大，或者法不责众。

男人和女人相向而行，眼看即将汇合一处。我知道更大的集体哭泣即刻爆发，衾心一紧，往左侧一条走廊钻去。一切如此熟悉，八年前，我已遭遇过一次。我害怕集体的哭，那对不哭的人是种强迫，仿佛你会因此失去为人的资格。我其实容易落泪，但众人皆哭时，我偏就哭不出来。

上一次，死的是双洁，双胞胎里的妹妹。双洁晚出了几分钟，就变成妹妹，脸上随时挂起委屈的模样。正好，亲人们依赖这一特点区分两姊妹。

双洁的死，可说是一次意外，一次疏忽。

那年这一对小姐妹同是八岁，弟弟傅家顺五岁。三凿两口子进了城，务工赚钱。家里有儿有女，父母帮着照看，自己在外面每天挣钱，到手纵是不多，远远强于在家种稻。三凿分明是看见好日子在跟自己挤眉弄眼。乡下小孩都要带弟弟妹妹，这对姐妹也一样，从小围着家顺转，处处留了心眼。她们已经知道，家顺比她俩都重要，裆里夹着的可不光是小鸡鸡，也是"香炉碗"。我亲眼见到这样的场景：我去三叔家，带了巧克力。三叔悉数接过去，先不让小孩看见。然后，他拿出其中一块，在三姐弟眼前晃。"只有一块黑饼干，该谁吃？"姐妹俩几乎异口同声："家顺。"三叔还要问一句，为什么。姐妹俩答案就有了区别。一个说家顺是弟弟，一个说家顺是男孩。"都对，你们真是聪明。"三叔又掏出两块"黑饼干"，每人一块。我在一旁，忍不住说："这样讲不好吧？""有什么不好？你们城里人拐弯抹角，一样的意思，偏要讲出不相干的大道理。"

"我要只有女孩，也高兴。"

"你有单位，老了有国家养着。"

我要再往下说，在三叔看来，都是大道理，是拿他的错，只好闭嘴。那是黄昏，逆着光，我看着姐妹俩神情的一系列变化：先是克制，因为三块巧克力的出现，眼眸重焕了光芒。她们拿着各自的一块，走到前面一棵铁青色栎树下。夕阳在她们那一侧，我记取这一场景，有如剪影。

一次平常的嬉闹，家顺突然发力一推，双洁没防备，跌到屋前的陡坎下。陡坎两米多高，双洁左颅先坠地，幸好只是硬土，没撞上岩石。双洁说疼，家人没及时送医，只是土法上马：胡萝卜拦腰切开，蘸桐油，烤热，抹搽、揉搓肿起的地方。后面，张医生说，这加重了颅内出血。

　　我们知道情况已是次日午后，三凿打来电话，夹杂隐隐哭声。他说双洁脑袋疼了一夜，现在正搭兵哥的蚱蜢车，往县城赶。(后面张医生说，搭乘蚱蜢车，也是严重失策。但乡下人除了计生政策，哪还顾得上别的"策"？)三凿问我有没有熟悉的医生，要尽快联系好。我问怎么搞的？他说跌到屋坎下面。我说这个先去急诊科，让医生看下一步怎么搞。

　　我们赶去时，双洁左边头顶已经肿大，时而剧烈呕吐，呈喷射状地吐，是由脑疝引发。急诊科不肯收治，往市医院推。我母亲感觉到事态严重，找到外科主任张朗维，要他帮帮忙。"送去市医院来不及……现在什么措施都来不及，只有开颅。你们签免责书，我只能尽力而为。"张朗维是有名的外科医生，全县头把刀，市里调他，省里调他，都不去。他的理由是，三十年前，一分到这个医院，就从没想到要调走。人为什么要调来调去？他感到莫名其妙。

母亲自然信得过他，鼓动三凿签免责书，之后，双洁以最快速度推进手术室。

我第一次感受在手术室外的等待。我记得，影视剧里守候手术室的场景，根据情节需要往下发展，绝大多数都是有惊无险，偶尔会是最不堪的结果。

走道里，钝白的光四处流溢。不知什么时候，我见自己嘴里念念有词。当我意识到这点，就抬眼看别人，很多人都这样，堂嫂、三叔、癞爷、我父、我母，当时尚未远游的我弟……我掐表看的，双洁被推入手术室，是下午三点一刻。三点四十二分，手术室的门第一次打开，是张朗维本人走出来。大家凑过去。张朗维摘下口罩，摇摇头。

真实的死亡，总是意想不到地快。

那一刻，我感触到一种异常坚硬而冷的东西，塞在喉头，憋大了脑袋。而此前，影视剧总是反复告诉我，死亡是一种有弹性的东西。人们的心情，人们的祈愿，可以促使垂危的人一次次缓过气来；可以促使奄奄一息的人，在下一集便恢复做爱能力。坏人只能是枪靶子，好人总也打不死。而我们，谁又自认是坏人？

那一刻双洁被宣告死亡，死亡在我印象中也失去所有弹性。死亡就是死亡，死亡只能是死亡……堂嫂秋娥的哭声，止住我所有的想法。她哭得凄惨至极，以往定然从没发出这种声音。忘了说，我们同是土家族，纵然时代不同，女人不用练习哭嫁，显然也比别族更多一些哭的天分。或者，这来自族群的基因密码。堂嫂还把声音一再拔高，在她潜意识中双洁尚未走远，可待唤回。三凿咬紧牙关，一把抱住他妻。此前我从未看过两人的拥抱，包括他们当年冗长的婚礼。

那时候，他俩进城务工才一年，不太吃得开，认金柱乡一个姓顾的人当大哥，好有照应。顾大哥懂当大哥的责任，当天领来不少人，聚到手术室门口。一个老护士便守着他们，不让吸烟。顾大哥打断了这对苦难夫妻的拥抱，执意将三凿拖至廊道转拐的地方，咬起耳朵。

稍后，三凿朝我们一家走来，脸上显然有了主张。他站定，用目光找准我父的脸。

"大伯，我们要闹。"

"怎么说？"

"就是要闹！"

在家中，我父从来低头干事，我母专管抬头面客。母亲往前面一站，问："为的什么？"

顾大哥领的一帮人围过来，呈扇形分布，排列在三凿的身后，一看便是他坚强的后盾。三凿便说:"双洁不应该就这么死。"

"昨天及时送来还有希望，今天送来错过治疗的时机，总不该是医生的责任？你应该看到，CT片上，双洁的脑中线已经严重偏移。颅内大出血，脑线严重偏移，哪家医院敢收治？张医生还愿意开刀，已经是学雷锋做好事，你们还闹。"

"我们没有文化，看不懂底片！"

"来的路上，双洁剧烈地吐，那就是脑疝，你总是知道。人一旦出现脑疝的状况，往好了说，九死一生；说直接点，必死无疑。这个情况，你们要不信再去别的医院，任何一家医院，问别的医生。"我母久病成医，知道一些医理，刚又听了别的医生分析病情，此时讲话便有几分专业。

三凿一时语塞。他从小不善言谈，更别说与人理论。顾大哥将他抹开，冲我母亲说:"我们不要讲那么多。大家都看到，刚才人送进去是活的，还没半小时，就死掉。你不觉得太快？"他背后有个兄弟，又添一句："杀牛宰羊，血放干了，还要在地上打半个钟头冷摆子！"顾大哥扭头止住那小弟。顾大哥极力维持一种很懂分寸的形象。

母亲问："你跟我说说什么是快，什么是慢？一次死亡，要持续几分几秒才合符法律规定？"

顾大哥不语。

"刚才已经签了免责书，有法律效力，不是开玩笑。"

"三凿签的，他可以一边站着。他老婆没签。"顾大哥说，"道理我也懂。"

"你是小顾，对吧？我听三凿讲起过你，你是懂道理的人。"母亲虽然个小，毕竟乡镇混过，单位里当了多年小萝卜头，处理过很多问题。她又说："一人签字，就代表一家人的意见，你最好找个律师问清楚，不要开口瞎讲。再说，这是我家里的事，你毕竟是外人。现在已经出了事，我们家里人先商量。这个时候，你还不方便多讲。"

顾大哥既不回应，也没有要走的意思。母亲冲三凿说："你不相信医生，总要相信大伯和伯娘。我们会不会害你？闹事总是一大帮，擦屁股只能自己来。要真闹起来控制不了局面，造成什么后果……你自己有脑壳，你更有自己的脑壳。"

三叔在那边哭，我父离开这边的人群，走过去，好歹将他劝停。两人走过来，站在我母亲两侧。被我母亲一衬托，三叔的站立，就像是耸立。他说："三凿，做事讲道理，做人凭良心。医生还是你伯娘的熟人，认识好多年，今天才肯出手。他凭什么要害双洁？你只要找出一个理由，讲出来。要不然，恩将仇报我不答应。"我一听这措辞，夹杂我父一贯的腔调。

场面一时静默。张医生这时开了腔："我也难过。当然，你们见到一次，我已见过成百次，所以，请原谅我没法和你们一样哭出声来。出于人道，我们医院免去所有抢救费用，马上联系车，免费把人送回家。"

小小的尸体很快包严实，用担架抬上车。我代表我这一家，上车护送。那是阳历七月十五，我清楚记得半路一场疾雨，到村头雨顿住。三叔的院子里已经搭好雨棚，在村尾，而灵车只愿开到村头，不往里开。不少人聚在村头，尤其是女人，相互搀扶，看向进村的路口。乡村的女人，为彻夜长哭，都已蓄力，并找定各自节奏，在夜色中亮出一点就燃的神情。男人大都拎着蓄电池的灯，一笔笔光柱很长，光柱里浮游了蚊虫。有几个男人还是用矿灯，灯在额头前亮起，巨大的电池别在腰间。

我想起我曾将单妮和双洁一手一个，抱在怀中。那时候，她们那样地轻，她们一样地笑，以至我分不清。我问谁是谁。她们挤着一样的眼神，一个说，叔叔你猜；另一个捏着我鼻头，说你可以猜三次。

车已停。我扭头一看，裹紧的尸体，说不出地小。在我另一侧，三凿的老婆秋娥已是休克状。她是她母亲，黑发人送黑发人。外面一张张脸，贴向车窗，一时，我从未如此近距离地看清乡村群像，他们暗沉的脸被夜色进一步放大，陡然清晰，马上又潲入无边的模糊。

车的后门一开，几条汉子接住担架顺着光走，司机揪着我说，快点把担架还回来！

叁

起初，高级中学是有五人在场：四个老师，两男两女；一个宿舍管理员，当然也是妇女。医院廊道总是深长，墙壁和地面都散漫地反射着顶棚上的惨白灯光。他们本是坐在尽头的条椅上，一时都站起迎接，神情木然、客气、恭谨，有男老师给我们打烟。倒是那个女舍管，姓欧，双手垂膝，在扭头时眼仁忽闪一下，显然浸过泪光。我当时就想，是不是，她觉得这事跟她关系最紧？我看着她时，她身体仍有微颤。

　　女舍管欧春芳近五点听到女生的尖叫，不敢怠慢，打了电筒，循着声音跟着光晕往前走。看到地上的人，她说她也尖叫一声，脑袋有些发蒙。地上躺着一个人，旁边站着两个女孩，这两个女孩并不认识地上的人。稍后，欧春芳向人打听单妮属哪个班。她又不能亮起舍灯，只好一间一间去查。不少女生已经醒来，站在寝室口张望。一刻钟后，得知这女孩是高 267 班，叫傅单妮，从而拨通班主任宋奎元电话。

"……我当老师十八年，当班主任五年，第一次碰到这种事。"宋奎元瘦高个，是教体育，非主课，本来可以不当班主任，但老婆是半边户，收入捉襟见肘。他反复争取当班主任，多拿津贴。一个体育老师当上了班主任，纵有些励志，又显意外。宋奎元本人表示，班主任的课会让学生格外偏重，他管的班学生身体素质一好，语数外便得到齐头并进的发展。宋奎元本是要讲单妮的事，一岔神便讲起自家事。很快，他发现说话脱题，回头又谈单妮。"……在我印象中，她是个很阳光的女孩，热情开朗，虽然成绩不算很好，但班上同学对她评价都不错。我还想着下次改选班委会，让她来当生活委员非常合适。她腿长，能跳能跑，很快运动会要开，非常需要她。"宋奎元长叹一气。

不远处的路灯在众人的恍惚间同时熄灭。

那是最大的一间急救室，一溜过去四张床，床头上方密布各种插口，可接各式管线。在妻的科室，我经常见到插满管线的病人，经常误以为，那病人是正待成型的某种工业产品。单妮躺第二张床，其它三张床都放空。一张白色薄被，盖了浑身，却露出左侧的一只手和一只脚，失血蜡黄。一众女眷围在床畔，当然是要哭，一旦哭起，便忍不住要用哭腔念白。土家女人，"哭诉"是一种习惯，特别在乡间，时时处处用得着，会哭的女人往往好嫁。有一戴眼镜护士守在一旁，不断提醒，不要大声，不要影响别的病人。有人恨声说："人都死了……"护士娴熟地答:"不要为难我,这是医院。"那表情分明在说,死人了不起?她委实看得太多,也许在她眼里,隔几天没见死人,才是怪事。护士前脚一出门,女眷们哭声骤响。

我在病室站一会,不知能干些什么。这时,有个姓岑的男老师主动过来跟我聊,发烟,我就跟他出去喷几口。他说当年复读,我读文科班,他理科班。他对我有印象。我说原来是你,其实脑里根本翻找不出他当年模样。我俩聊一会,得来却是失望,他没有提供新的信息。他住在学校,被宋奎元拍响门窗,叫他一块去帮忙。他赶到,前面的人已经将单妮弄上一个担架,他帮着抬,一边走,一边听别人纷乱的交谈。

"应是……自己跳下来的。"岑老师看看我,又说,"她是住女生宿区第二栋二楼,却从第五栋的第五层跳下来。女生宿区一共五栋楼,就那个位置，最适合自杀。"刚才，我四下里走，同样的说法已经反复听进耳里。我想问，你怎么判断哪个地方适合自杀。我们眼神碰了一下，他便说："你到地方，看一眼，自然明白。"其实还有诸多问题，比如她为什么到那里去；是她一人，或者还有别人？真相必然要对所有的疑问作出解答。岑老师承认自己知道的都讲，不必藏掖，又说："现在正在调取监控，监控最能说明问题，到底怎么回事，等下全都清楚。"我点点头。我经常看央视 12 套的《天网》，看各种案件，早已得知，现在警察破案，十个有九个半要借助摄像头。"天网恢恢"，早已不是形容之词，是每个人身边存在的基本事实。

岑老师能说，又回忆复读时候的事，但我不想听那些。老师总是很能说，或者一个不能说的人当上老师，只好将自己变得能说。我斜眼看向那边，现在我知道她叫欧春芳，是高级中学资深女舍管，工资却非常低，以前靠门卫室一部电话赚外快，打出去按时计价，打进来五毛钱呼叫费（学生管这叫口水钱）。有学生煲电话粥，她便掐着表，每十分钟加收一块，也是理所应当。现在人手一只手机，这项外快也断掉。我一直看她，也不知为的什么。她个挺高，此外并不吸引眼球，何况是在这种情况下，我没有任何理由去鉴赏一个女人的样貌。岑老师发现我并不在听，又递一支烟，咕哝着走开。欧春芳便走了过来，勉强地一笑，说你是傅浩淼傅老师，你篮球打得好，以前五一节，我最喜欢看你打球。我一笑。那是十多年前的事，我二十几岁，能弹能跳，靶子准，因打球得以调回县城，平时去城北农贸市场收一收摊位费，主要的工作却是代表单位打球。并不是我打得有多好，小县城扒拉一遍，能找出一堆高个，但身体僵硬，最缺乏能将一支球队盘活的控卫。我打球时，经常会想起一部叫《僵尸肖恩》的电影，我当自己在陪僵尸做游戏。欧春芳还提到曹云丽和蒋薇，看来对我真是有几分了解，作为县里小有名气的控卫，年轻那阵，我也免不了造下几段绯闻。后面 NBA 不断篇地直播，本地人打球，再也找不来观众。后面我就结了婚。她讲起两人的下落，无非是恋爱并结婚，生下一个小把戏，男人对她们并不好，但也只能将就着把日子过下去。身在小县城，能有什么新鲜活法？我还不是一样？

这时，去回忆往事，显然不是时候。我目光四下游走，看见三凿。他一人站在一个角落，夹一支烟，刚抽进去又吐出来。他是强自镇定，身体却像不断遭到强电流击打，一阵阵抽搐；而他脸上，只是越发地皱，皱纹严实地掩盖了哭。有人向他走近，似要安慰，他便扭头往厕所方向走。他是个闷人，不爱说话，偶尔有了心情，便唱起动听的山歌。

很快，欧春芳跟我聊了半个多小时，准确说是我一直在听。我想着彼此人生中也只这一次交集及交谈，便耐心听，眼一直往那边瞟。这期间三凿连上三个厕所，进去又出来，进去又出来，又进去。

三凿人生最辉煌的时刻，是十年前，一个美籍华人音乐家来小城搞音乐会，全县范围搜寻两百来个山歌手，有老有少，有男有女，排好队，密密匝匝地站到江心临时搭建的高脚架台，给一个北京来的民歌手当背景墙，唱几段和声。我当然是要捧场，音乐会散场请他宵夜。他问我听没听到他的歌声，我说听到听到，在两百个声音中，我能精确地搜寻到、接收到并清晰听到他的声音。他的声音和北京来的民歌手珠联璧合，此起彼伏。三凿自是振奋，充满感激，用山歌劝我再猛搞一口。

九点刚过，急诊科外一阵喧哗，两男两女四个老师整齐地往外奔，迎接来人。来人是县高级中学教导主任范培宗，岑老师已介绍过，这位是学校五把手，将带来从监控里查看到的情况，是否有别人在场，如何往下跳，都将得到明确解答。我也不知一个学校里领导如何排位，在我看来，是很高冷的知识。来个领导，气氛是有不同，当教导主任被他们簇拥着走入，家属一方，我父、三叔、癞爷还有一帮女眷走出来，自然排成队列。范主任在宋奎元介绍下，一一握手，排序当是有经验，首当其冲应是三凿，可能又去了厕所，下一个便到三叔，再到我父，然后是癞爷……宋奎元不忘用目光找我，我过去，同五把手握一握。走近了，闻见一鼻子男性香水味，很是意外。这教导主任实在是个潮骚的人物，年纪比我大，头上戴的饰帽很像毛主席井冈山时期戴的八角帽，发脚剪至齐耳，外套常见，里面穿的却是 V 领的海魂衫……还有，裤脚阔大的八分

裤。如此穿着，混在一个县城教师队伍中，又被一
众人簇拥起，有那么点鹤立鸡群。他长得像某个旧
日的影星，达式常、郭凯敏那一辈里头的，具体我
想不起来。"我对你很有印象，你会后仰跳投，很
准。""是吗，好久以前的事。""我也打球，也司职
后卫，但我俩没碰过。""现在打不动了。""是啊，
打不动了。"手一握，竟有些唏嘘。他用了"司职"
后卫，我没听岔，便怀疑是教语文出身，找人一问
果然是。

　　他用目光检点在场的人，又四顾一下环境，说
我们到外面坐着讲。于是，进来时四五人，这时往
外走人头就攒动，他走在最前面，健步，沉稳，显
然摆平过很多头疼的事情。地点已经找好，在一丛
月桂树下，有花坛，水磨石的坛缘已被屁股磨得溜
光，坐下去，冷气幽幽钻入肛门。他一安排，众人
皆坐，像是被人按下双肩。他却站着，开口前，目

光要在每人脸上刷一遍。

"我刚才迟迟不来，一直在看监控。"范培宗轻咳一声，"多亏现在有监控头，每一层楼都有，有图像，这是我们最可以相信的东西。根据女生二栋二楼监控的记录，傅单妮同学是两点十五分第一次走出来，两点二十三分回宿舍；又于两点四十分再次走出。这两次出门，身上着装不一样，显然是有意识地换了衣服。换到五栋五楼的摄像头记录，傅单妮同学两点五十分进入画面，在楼梯口徘徊一会，三点过七分下楼。有跟踪显示，她下到二楼，又重新往上走。从三点过十分开始，傅单妮同学一直坐在楼梯口，基本一动不动，犹如她上课，也是一动不动，经常受到老师们的普遍好评。楼梯口旁边有个小窗，监控画面无法显示。三点二十分到三点四十二分，傅单妮同学出离监控画面，是走到了窗前。楼下电杆上的摄像头可以看见五栋的侧面，调出查看后，发现她有数次将头探出窗外，朝下面看。同时，她应该是在吸烟……"

"我家单妮从不吸烟！"秋娥听不下去。

"对不起，人在这种状况下，干一些平时没干过的事，并不奇怪。刚才，我们在窗前找见几枚烟蒂，应该可以作为佐证。之后，她又回到楼梯口，一直坐着，可以猜测，这段时间她心里一定想了许多事情。四点十一分，她再次去到窗前，纵身往下跳。经两个监控画面比对，这次她没有犹豫，可以说是……一气呵成地跳下去。整个过程中，只有她一人在场，别无他人。这一点，也可以肯定。"

范培宗说完，目光含有期待，准备答问。现场却是一片枯寂，三凿拿眼睛找我父，之后又找我，希望我们问一些恰切有效的问题。这时，他脑中定然千头万绪，却不知从何问起。

于是我问："你讲的监控画面，家属可不可以看到。"

"这没问题。眼下还要等一等，我们报了案，公安已经介入，不但查看视频监控，还调取傅单妮的手机信息和 QQ 通话记录。很快会有结果，你们要相信警察，现在他们办案手段专业，效率很高……"

"为什么报案？"一个老乡脱口问出，人却没有站出来。这一问，像是被风从远方吹来的声音。

"问得好！"范培宗表情再度沉重，又说，"因为傅单妮的同学汇报了一个情况，引起我们的重视。傅单妮一年前和一名省城的男子进行了网恋……"

"这怎么可能？"

"请听我说，先请听我说……这种事，我决不可能开口乱说，一定是有根据。事实上，在傅单妮的日记和 QQ 通话记录中，已经找出相应的证据。这一情况，她身边几位女同学都是知道的。"

又有个声音，从人群中冒出来："我们单妮，是不是被那个狗杂种祸害了？"

"两人没有发生性关系。这一点，我相信你们都清楚。具体的情况，马上公安局会有人跟大家说明，我也不方便多说……我知道的，暂时就这些！"范培宗将话讲完，还搞一个双手合十。

事实上，我们刚来时，也从医生口中得知单妮的伤情——浑身多处骨折，同时多个脏器破损、衰竭。一并告知的，还有对她隐私处的检查，处女膜完好。急诊科的医生显然有经验，见跳楼者是一位花季少女，不需交代，就进行相关的检查。他们有经验，这必然用得着。这当口，我松了一口气……对的，我竟松了一口气。万一单妮不是处女，事情是否会变得复杂？即使她与网上恋人发生过性关系，这又能说明什么？我如何跟三凿解释，即使她被那个狗杂种祸害了，只要跳楼时那狗杂种不在场，你就没有理由去找他的麻烦。如果我敢这么说，三凿一定用眼神质问：你跟那狗杂种一伙？

我偶尔和他们喝酒——三凿，还有和他一同干活的兄弟姊妹。稍微多喝一些，不免要讲到城里人，嗓门势必抬高，会开骂。有次他们争起来，有的说城里人大多是狗杂种，有的说城里人正好一半是狗杂种，有的说，讲句公道话，在我看来，只有少数个别城里人，算是狗杂种……总之，仿佛这只是个比例问题。说到欢畅，有人一瞥我也在场，就拍拍我肩说："当然，浩淼，我们讲的不包括你。"

肆

那戴眼镜的护士隔一阵进来催一次，叫我们把死者挪开，把病室留给层出不穷源源不断前仆后继的病号。后面她也心烦，冲我们喊："有点公德心好不好？医院又不是你们家办的，床位又紧张，你们不能老占着不走。"秋娥跟她哭诉："我没有公德心？我女儿死了，情况还没搞清楚，怎么能挪来挪去？"护士低了声音，又说："又不是我们医院害她，你们要讲道理。"一个女老乡来帮腔："你们抢救一个小时，赚了一万三，人还是死了。借你们地方躺一躺都不行？你们是拦路抢劫？"

"又不是我赚这个钱。"

"那你这么高的工资哪里来？"

"我工资很低……"

"有多少，你说！"

护士不说。但我知道，收入在本地区真不低，于碧珠因此对我任性使唤。

抢救不到一个小时，就已宣布死亡，抢救费用是一万三。虽然校方已经声明，所有医疗费用都由他们支付，但在乡亲们看来，医院又一次趁火打劫。

隔了一阵，护士用微乎其微的声音说："你们总是要讲道理。"这引发一个男老乡的声音："道理？道理就是，有种你来挪我家侄女试试，有种你挪她半寸试试！"声音不大，字字清晰。

"欺负女人算什么本事？要闹，我们这里有保安。"

"你去叫保安！"

"你们用不着这么欺负人……"护士且说且退，

后面再不见进来，亦无保安前来交涉。医院固然不是我们家开的，而保安，也不是她家养的。

后面，一直再没有人催我们腾出病室。

接下来的事情，有点按部就班，快十点，公安局来了一名警察，没睡醒的样子。他带的消息，只不过是将范培宗讲的情况进一步细化。比如说，原讲一年前单妮就与人网恋，现精确到九个月以前。比如说，原讲的省城男人，其实待在省城所辖的一个县城。他讲起单妮曾有一次远行，奔赴省城和那男人私会。一路上，单妮与该男人保持着通话，但当单妮赶到约会的地点，那男人却将手机关闭，不愿见面。警察说："这事对女孩打击很大。怎么说呢？我估计……我们估计，就因为她长得很漂亮，所以根本没想到，自己会碰到'见光死'，毫无心理准备。她毕竟年轻，这种事……"警察还说："现在可以确定，是自杀，用不着立案侦查。"警察用力遮掩，还是打起呵欠。我给他递烟，他不接，坚持抽自己的。

三凿问："那个人，叫什么名字？"

"这个不能说，有规定……他没有犯法，即使犯法，也有我们处理。你们打听到名字也没用。"

三凿嘴在抽，没吭声。

十点半，高级中学校长禹怀山赶到。"前面来的都没卵用，这个官才是讲话定板的。"在我身畔不远，癫爷跟三凿如此交代，要他打起精神。三凿却依旧恍惚。这几小时下来，他定然无数次暗示自己：这一切都不是真的，不是真的。一晃眼，单妮还好好站在眼前……就这么几小时的事情。过去的事，像一条扭头便看得见的路，却怎么也踩不上去。

禹怀山有备而来，一行好几辆车，到地方，停稳，车里钻出来的人，让我父和三叔都小有意外。

我父看见的是江道新——县教育局副局长。

我父一直强调，江道新帮了我家不少忙，彼此关系极好。事实就是，江道新几乎是我父熟人中级别最高、能力最大的一个。我父认定江道新和自己关系最为紧密，但在江道新看来，最好的朋友，只能是另外一些人。此时，江道新下车，我父亲隔老远叫他一声，他装作没听见。待一会，走近一些，他定然又表现出意外的亲热。

伍乡长倒是率先朝这边招手，嘴里叫一声，塔佬！三叔逢人便说，伍乡长是他遇到的贵人，不但让他连任村长，而且提拔他当上优秀村干，去了一趟北京，去了一趟韶山冲以及井冈山。有一次我去到三叔家，正碰上伍乡长下村检查工作，三叔将伍乡长硬生生拽到家里，宰了鸡鹅，一定要请吃酒。三叔酒一喝，一定要给伍乡长唱山歌。伍乡长起先还鼓掌，三叔一唱没个完了。据他自己说，会

唱三百多支山歌，调门相同，歌词都不重样。后面
伍乡长到底拉下脸说："你再唱一句，老子讲走就
走！"三叔这才闭了歌喉。

　　这一次，这边的农民兄弟已经有了经验，不
再迎上去，任一帮领导就那么走过来，每一张脸上
皆是平易近人的表情。倒是我父，站起迎住了江道
新，两人握手好半天。伍乡长和三叔平时老在一
起，上下属关系，也不好显得太亲密。

　　"……你家里的事情，我刚知道，来晚了，来
晚了。"

　　"不不不，你还亲自……"三叔毫不掩饰感激
之情，甚至眼角有些湿润。是的，我看得清楚，而
且时日一久，我看得出来，某种程度上这就是他一
种技能。去村里次数一多，我就知道，在一群神情
麻木的男人当中，表情稍显丰富的那几位，必是
能人。

伍乡长搂着三叔的肩，把他往一棵桂花树下面带。而我父，也随了江道新，且说且走，去到墙角垃圾桶旁边。江道新烟瘾大，又身居显位不能乱弹烟灰，所以到一个地方就要找垃圾桶，就像公狗撒尿一定要找电线杆子。而我此时看到这种情势，想到的却是打篮球，搞盯人防守。

　　我提醒自己不要想太多。这是个悲伤的日子。

　　那边是盯人，这一头的禹怀山，就要面对一大拨人。他摆出体察民情，嘘寒问暖的模样，身形几晃，扎进一堆农民兄弟当中。他个高，估计一米八五，而这帮农民工大都在一米七以下。领导总是要摆平各种状况，若有一副好身板，确也省了很多口舌。一开始，他只是听，还吩咐身边那人，据说是校长助理，姓满，拿出小本子记笔记。三凿本不愿讲话，但这架势摆出来，领导都扯起耳朵，还有人拿了纸笔要记，不敢不讲。他讲家里的状况，当

然是突出如何困难；讲在城里打工的不易；接着就
讲起自己的儿女。"本来我有三个，两个女儿，一
个儿子。八年前死了一个女儿，现在又……"

"八年前死了一个？"

"嗯是。"

"怎么死的？"

"不小心跌下岩坎，就死掉了。"

"哦，那你这两个女儿，哪个大？"

"她俩都是……"

这时，我觉得我应该站出来。我觉得对方是有
备而来，而这帮农民兄弟，他们纵是人多，却只能
围成一个圈发呆。劳心者治人，劳力者治于人，总
是颠扑不破的道理。我把三凿一扯，回答说："这
个是大女，前面那个是老二。"

禹怀山睃我一眼，说："我看过你打球。"我正
要说谢谢，他脑袋已然偏转，重新面向三凿，接着

问："那个是八年前……死的，那时候有几岁？"

"双洁八岁。"

"傅单妮今年十六，那你两个女儿是同岁？是双胞胎？"

"是双胞胎。"

禹怀山就点点头，那边小满笔头飞动。有人说："少记这些没用的，孩子死在你们学校，你们赔多少？"我耳根子一抽，意识到，这是当天头一次扯上了正题。说话的是三凿的小舅，叫老海，年纪比我大，一直未婚，光棍看来要打足这一辈子。禹怀山装作没听见，于是，又有人问他："你们到底赔多少？"他们发现禹怀山在回避这个问题，便要追着不放。他们每个人的声音都不大，但可以像回音一样，将同样的问题一嘴一嘴传下去。

"你们说要赔多少？"禹怀山目光扫视一圈，又说，"我们不是敌对的双方，出了这样的意外，更要团结，要一起商量，妥善地解决处理。现在，死者为大，我奉劝各位都要有大局观，谁要挑起矛盾，谁就是让这孩子不得安宁！"他的声音像是从中置环绕音箱里喷出来，沉甸甸的。场面一时又恢复安静，空气中已弥漫起禹怀山的气息。我父和三叔拢过来，江道新和伍乡长仍旧陪在身侧。见人都已到齐，禹怀山就请江道新讲话。江道新讲："我不讲，老禹你讲。"

于是禹怀山接着讲。

"大家都不愿看到的事，到底还是发生了。一个年轻的生命，就这样突然完结，你们家长亲戚痛心，我们做老师的何尝不痛心？你们作为亲人，是第一次，或者是第二次，而我从教几十年，毫不夸张地说，已经历了几十次这样的痛。痛定思痛，这么些年我意识到，这里面有个比例的问题：孩子都是祖国的花朵，家庭的花朵，同样也是老师的花朵，我们给他们阳光，我们总想把最好的都给他们，但是，总有一些花朵，却躲藏在阴影里。自杀的学生，普遍都患有抑郁，你们无暇顾及，我们学校的心理疏导工作，也没得到完善。当然，及时检查、发现学生的心理状况，及时疏导，这在我们整个国家都刚刚起步，落后地区，才刚有这样的概念。而且，今天发生的事情，又是特例，得知你们家两个女儿，双生的姐妹，前后八年相继离去，我心里的悲痛也在翻倍。我能想象这种悲痛之深重，之惨烈，恕我没有资格，像你们亲人一样完全体会这份疼痛。出了这样的事，你们受害，我们学校同样也是受害者，也是意外地卷入其中。这一点上，我们彼此应该予以充分的体谅。老话说，双生共体，同去同归，以前讲是迷信，但我作为一个基层的党员，也不得不说，总有一些事情，在我们理解范围之外。事情已经发生，一定要有个解决。熟悉

我的人，都知道我的行事风格：决不逃避责任，在
合理的范围内一定兼顾人道，多为对方着想。对于
这件事，我表态，虽然事情出于个人情况，发生在
深夜，主体责任不在我们学校，但我们负责所有医
疗费用、丧葬费用，以及出于人道精神，给予家属
一定数额抚恤金！"

　　他几乎是一气呵成。

　　具体讲数额，范培宗又站出来，医疗费马上
结付，丧葬费付两万，抚恤金四万。那边催家属表
态，这边聚一起小声商量。"我觉得少。"三凿说。
三叔便问："那要多少？"三凿说不出来。三叔又
说："人是自己跳下来，学校没有责任，他们能这
么做，对得住人。"三凿便一直沉默。

　　两边的人再次脸对脸。我父先表态："学校能
这么处理，我认为是合情合理，都不容易。"癞爷
也跟一句："我也没什么意见。"三叔说："做事讲

道理，做人凭良心，学校能这么想，这么做，我也不好有什么意见。"

要三凿表态，他什么都不说。三叔便拍他一下："再怎么，你要说句话。"他便掩面哭泣。

三叔抚着三凿的背，洪亮地说："我是他爸，是单妮的爷爷，我可以说话。就这么办。"

对于校方，事情显然意外地顺利。范培宗跟禹怀山对对眼神，又说："难得你们一家人都这么通情达理。遇到找麻烦的我们不怕，遇到你们这样的，我们着实又不落忍。我们再加五千，不是学校的，是我们在场几个领导的一点意思，聊表哀痛之情。请一定收下！"禹怀山指示小满去弄一份文件，打印出来，将处理意见和责任认定都写明白。小满又往小本子上写字，禹怀山呵斥地说："别记了，赶紧去弄！"

伍

"……痛风了？那好，你家保禄能不能来？……跑这么远去？不是说他的腿脚有伤嘛，不要到处乱跑。……你两个儿子两个女儿，至少要来一个嘛。一家人，这时候不来，要等哪时来？"

我父走到桂树底下接大姑电话，他的声音随风吹来。他挂了电话，叹气，脸上涌起重重无奈。接着他又打给小姑。小姑家的人来得也不利索，后来小姑父突然想起，大女婿肖石辉正好在市里，马上通知他。打了两个电话，我父感到累，便走过来，说还有个电话你打。他是指联系五叔。我很快打通，耳里泛起五叔闷坛子跑气般的声音，风声也大，好半天才听清他是过了广林县，已进入马坳镇。五叔没耽搁，但接到消息已经快八点。他在相邻的广林县一家苗圃当工，请假，赶了最早的县际班车，到这最快也要十一点。

我父和三叔、癞爷又站一堆，出了大事，少不了几个老汉凑一起拿主意。即使他们处在下风口，我父的口音仍依稀传来，听得出，他们又扯起了五叔。五叔一直是个话题。

我父五兄妹，他居长，两个姑姑居二居四，我叫成大姑小姑，都嫁到远乡蓬门荜户，日子一直紧巴。两个叔，就按这生序，叫成三叔五叔。我奶奶旷日持久地生下他们兄妹五人，我父与五叔，一首一尾，差了二十多岁。中间有夭折的兄妹。一次酒后，我父与三叔各执一词，一个说折了七个，一个说折了八个。两人掐指核对，是三叔记得更牢，我爷爷奶奶旷日持久地生过十三个孩子。往下，两人只说有一个妹妹，叫桐娥，七岁时夭折。讲起妹妹走之前般般征兆，临走之时种种细节，再核对一下彼此记忆的出入，两老汉一同滚出浊泪。我父还感叹，当年还好，接二连三地死，都已习惯；换是现在，哪个父母忍受得了？

五叔傅桐光，在我父看来，是个自毁前程的家伙。"本来，他是可以不做农民的。"讲到五叔，我父先来这么一句，定下调子。

我对五叔印象深，没别的，小时被他带着玩。八十年代初，我还没上小学，我父便把五叔带到城里读书，指望他混上一份工作，变身城里人。某种层面上，我父是拿这个弟弟当儿子看。那时候我两兄弟还小，若被坏小子欺负，五叔一出手就很重，拿城里小孩当乡下小孩练。我父斥他教训小孩可以，出手太重不行，要赔礼赔钱。五叔说："小心着的，又没见血。"他觉着委屈。打人的事传出去，那些坏小子都说我家忽然多了个大哥。但五叔不是拿来读书的料，高考后哪里都去不了，直接卷铺盖回了菀头村。我父当时在农机公司，跟领导磨了几年，好不容易搞下一个指标，又把五叔送到市农机校读书。按我父规划，两年以后，五叔可以签订用工合同，去乡镇农机站混饭。没想五叔高考失利后，一回到村里，就找个妹子谈起恋爱。去到农机校读书时，两人爱情已然胶着。那妹子生怕五叔哪天变了城里人，说翻脸就翻脸。五叔诅咒发愿，妹子哪里肯听。两人草丛中呢喃时，谷堆里打滚时，妹子一个劲要五叔放弃学业，回村娶她。五叔起初不肯，耐不住妹子恩威并举地要挟，终于一咬牙，再次卷铺盖回了村。"……他还怕我找到，揪他回学校，就去稀树沟烧了半年炭，把自己搞得不人不鬼。"我父每说到此，眼里涌出许多失望。那时候，当城里人绝非易事，若五叔听从安排，两兄弟都进城，总是多有一份照应。

我一直站在急诊科门洞附近想事，抽烟，看往来的人。将五叔回忆一番，突然意识到有些偏题。我也想回忆单妮，才觉有关她的记忆非常有限。

八年前，双洁躺在运尸车中间，我们坐在两边，护送回菟头村。夭折的小孩，尸体不能进入房内。到她家，院里已有帆布遮成了一个雨棚。用四根撑木撑着墙，形成三角，帆布就搭在上面。棚内摆了块门板，下面铺着床单。尸体摆在上面，被人七手八脚地换上新买来的衣服。那衣服布料很差，估计衣裤合起来只三四十块。买了两身，另一身放在旁边，说是换洗用。再在尸体身边摆两个很小的塑胶娃娃，仿芭比造型，但很便宜，五块钱一个。单妮凑过去，看看躺着的妹妹，又想拿起其中一个塑胶娃娃，被大声训斥了。此后单妮一直安静地躺在某个角落。乡下小孩爱热闹，这夜，突然这么多人涌入自家院子，比过年还热闹，单妮脸上时不时还浮现出笑，我看在眼里却有一种诡异，说不出地难过。我想，过了今夜，单妮慢慢发觉少了一个姊妹，一个跟自己长相一模一样的人，心会慢慢地痛。这会是长久的事情。但当时，也就这么想想，更让人担心的，是家顺。虽然才五岁，他已将自己哭得一败涂地。出了这样的事，没人呵斥他，但他一定意识到，以前被家长不断呵斥，说明犯下的只是小错。对于五岁小孩，这样的意识远远超过感知的范畴。

三凿两口子长期在城里打工，长期租住城北冷风坳。有一年，他们和顾大哥扯皮，闹个不欢而散，此后三凿就带同村的人另立门户，当起工头。纵是当工头，三凿脸上依旧挂着不知所措的表情，可想而知，跟他干的人经常觉着不爽，纷纷投靠别的大哥。多年下来，跟着三凿干的仍然是那几个最亲密，也比他更蔫的老兄弟。我现在很少打球，也没有别的爱好，没事喜欢找人到街边喝几杯烂酒。我父时而提醒："找谁喝都是喝，你多去看看三凿。"于是我经常拎了酒，买一提卤菜，去冷风坳找三凿。冷风坳是个古怪地方，传言说这里有放射性矿物，水和地里种出的蔬菜都不能吃，原来一些住户也纷纷搬离，空下一幢幢宅院租给农民工，价极便宜。我结婚没两月老婆就跟我闹离，原因至今不明，而且旷日持久，给人感觉只是长枚痤疮，却恶化成癌。所以我也去冷风坳租一套房，住了有半年时间。那一阵经常邀了三凿和一众乡亲喝酒，小院宽敞，喝至夜深，月白风清，人也就舒坦过来。聊来聊去，少不了要聊那一对姐弟。自那以后，家顺性情一直孤僻，脾气也暴，喜欢揍班上同学，经常见血。现在不比从前，打架是高消费，三凿辛苦赚来的钱，没少赔出去，还帮家顺转了两个学校（也靠我父走了江道新的门路）。

　　至于单妮，三凿说："我这个女，倒是罕见地懂事，见人随时都带微笑，老师个个夸她。"我住冷风坳时，常在院里摆酒菜，三凿两口子来，家顺不来，单妮不时过来陪伴。果然，她的表情阳光、明媚，微笑地看我们喝，听我们说。有时我们喝得来劲，她还配合着，主动斟酒，给我多来一些，给三凿少倒一些。三凿批评她："倒酒最讲规矩，一定要公平！"我就笑他上纲上线，他三两的量，少倒一些原本应该。我还夸这妹子做事心里有底。去年单妮身体忽然抽条，十五岁已经有一米六五。三凿两口子个都不高，显然是隔代遗传了三叔的基因。有一次她跟我说，班主任一定要她代表班级打篮球，但她拍球都会拍死。我说，这要说打篮球，你叔在全县都是狠角。有空我带你打。她说好，脸上又进一步灿烂。但她后面没提，我也把这事忘掉。

一年前单妮初中毕业，面临选择。她成绩不好，只想找一家不需考试的职业技术学院，读个三年五年，出来当护士或是幼师。女孩找工作，护士和幼师是最大路的选择，往往也最安稳。三凿为这事又找我商量，而我也捡了父亲的性格，好当师爷。那次，我俩关着门喝酒。

　　"你要劝单妮读高中。现在不比以往，至少要读个高中。大学来得容易，都在扩招，只要高中混到毕业，大学都有的读。"

　　"她自己不肯。"

　　"你们父母要拿主意，她毕竟太小。其实读什么学校，就是给自己贴一块什么样的招牌。"即使就我俩喝酒，还是咬起耳朵，"凿哥，我跟你往俗了讲，单妮脑袋不是很聪明，读书出不了头，但人脾性很好，长得又高又漂亮。对她来说，以后能改变命运的，就是婚姻……身份这东西，我们小时候不讲，只讲人人平等。当然，现在也这么讲，意思没有错，问题是，你肯信么？事实明摆着的。以后要是有好小伙看上你家单妮，再一看她职院毕业，心里就打鼓。职院毕竟是什么也考不上的学生才去读，这也是明摆着的。你让单妮咬牙坚持几年，只要读到二本，以后谈起恋爱，可以选择的面就一望无际了。"

"一望无际？"

"就是……很好的人家，她也有资格嫁进去。都说知识改变命运，也有这个意思在里头。"

"看你讲的，那我们不就是《流浪者》那个世道？"

"你还以为不是？现在有个名牌大学，专门招一个礼仪班，招一帮德智体美劳全面发展的妹子，都是要备着嫁入大户人家。事情不是你想的这么庸俗，那些大户人家，挑个媳妇，就要比平常的妹子懂事，这才能保证家业兴旺。"

"我听你这话，倒有点像穆仁智，左手一根拐，右手一个筐。"

"你不爱听我也要讲。你也少拿自己当杨白劳，当来当去还真会当上。"

"妈的这世道，喝一个。"

三凿到底是听了劝，一定要单妮读高中。高中课程紧张，单妮考试排名往下掉得厉害，厌学。她跟三凿提过不读书，直接去打工。三凿不允许，单妮便也继续读。现在想起这些，我自问，当初是否瞎建议，那么单妮现在出事……我知道，这就叫矫情了，我哪曾真的把这事牵扯上自己？我只好冷笑。

正无边乱想，忽然，目光被几个人牵动。一个，两个，三个……后面又来一个，都是妇女，她们聚到百米外一个配电室后面，再走出来，就统一着装，换上蓝色护工服，还用长舌帽压住发髻。她们又鱼贯而出，整出一个队列。其中一个斜肩女人呵斥着一个胖女人，胖女人总喜欢把帽舌一撇，像嘻哈歌手一样偏着戴。斜肩女人两次将她帽子扶正，并提醒她"放明白点"，否则"你不想干有的是人"。再近一些，斜肩女人就噤声了。她们从我身边走过，往里走。

既然事情已有处理方案，护士再进来要求腾出床位，这边不好再拖。女眷们商量，由谁去买衣裤，由谁帮着擦洗身体、换衣服。这些都是女人做的事。买衣裤的女人已往外走，她们只知道城南农贸市场，那里有数不清的衣裤，看着都像刚上过油漆一样鲜艳，价格也不贵。这时那四个穿护工服的妇女呈队列走进来，又呈扇形散开。

斜肩妇女说："你们不要动，这事我们来弄。你们出去。"

女眷们愕然地看着来人，她们统一着装，都用帽子压住头发，其中两人还戴着蓝色滤纸口罩。那半脸蓝色，给人感觉是刚消过毒的。

"你们可以出去。"斜肩妇女又说一次。

秋娥就问："你们是哪里的？"

"就是医院的。这些事都统一归我们做，你们不要操心，到外面休息就行。"

这个在说话，另三个也不闲着，她们围住那张床，用身体形成屏障，将单妮与众人隔开。她们个个戴起医用手套。女眷们看这阵势，看着对方专业的动作，自愧不如，阵列便显出松散迹象，有人准备往外走。

这时，我走过去。我准确抓住一只戴了手套的手，它正要摸向单妮的脑门。

"你们是医院的？"

"我们都穿着工作服。"

"你们是医院的?"

"把我手放开。"

"那你先不要动她,不要随便乱动,这不是开玩笑。"我头一扭,朝那边说,"叫个护士进来,问一问。"护士就进来,还是戴眼镜那个,她倒直来直去,说:"不是。"斜肩妇女就冲护士喊一声:"小戴!"于是护士又说:"她们随时都在我们医院。"说完她就转身离去。

"……我们把这里面的……这种事情,都承包了。"不知什么时候,三叔身边多出一个老者,穿着医生一样的白大褂,但一部胡须把脸挤榨得可有可无。老者又说:"事情要讲个专业,我们就是专业处理这种事情,乐意为你们效力,你们用不着操心。"

"我自己的女儿,我不操心要你们操心?你们凭什么帮我操心?"秋娥说。

"管你们卵事！"三凿简明扼要地发表了意见。

老者习惯了这场面，只说："我们确实已经承包下来。我们就是专业搞这一行，从穿衣洗澡、香火纸钱、入殓化妆到送人回家，我们都能弄好。我们有车，就停在外头，别的车不能送亡人。"

"你们要多少钱？"

三凿示意秋娥不必说话，女人一生气，说话总是不得其要。他问："你们承包了？你敢说，把我女儿也承包了？"

但老者选择秋娥的问题回答："这个你们也不要操心，情况我们都已经了解，钱的事我们直接和校方联系。"

一个女眷说："两万块钱都给你们？"

于是，我又一次开口："你们有什么资格和校方联系？丧葬费是由家属支配，你要是不清楚，我提醒你一下。"

三凿说："你们可以走了。"

老者一怔，一时找不到理由应对。就在这一刹那，女眷们又涌上前去，把那四个着护工服的妇女挤到一边。她们不走，只挪到房间一角，在等待，也是窥伺。事到这一步，似乎剩下的口舌之劳都归于老者。她们站成一排，也摘除了口罩，我可以将她们作为一个整体打量，于是，一股诡异的气氛便扑面而来。我是说，这四个女人，身体总有一突出的部分，比如说，斜肩、罗圈腿，或者并非怀孕而凸起的将军肚。如果她们任意一位，走在街上的人流中，也不会如何惹眼，但现在她们并排站到一起……还有，长相纵有差别，神情却意外的统一：虚白脸色，垂塌的眼皮，还有五官七窍处处皆在的呆滞。她们操持的是一份难以示人的职业，习焉不察的日常生活中，我们几乎从未意识到这一类人的存在。

老者很快缓过神，他绝非轻易打发得了的主。显然，在这支队伍当中，他的地位相当于红色娘子军中的洪常青。他沉默一会，准确地走向我这头，拨烟给我父、三叔和癞爷。只有癞爷接过烟，并朝我一指。是丑烟，三块一包的"大鸡"，不接过来便是狗眼看人低。我抽也不是，不抽也不是，说实话我调进城北工商所好烟还是管够，嘴巴抽细了。幸好老者的目标不是我。

"我也是佴城人，我也姓傅。"老者说，"不信可以看我身份证。"

我父说："为什么要看你身份证？"三叔也补一句："随便看人家身份证是非法的，要讲政策！"

老者一笑，把烟喷得一部胡髭满是灰，又说："我们是给医院交了钱财，所以别的灵车进不到里面。我们交得不少，一天要合一百多啊，不容易。今天都到吃中午饭了，才……"

"这跟我们没关系。"

"是没关系，我就这么说说。"老者有了悲哀的眼神，默默抽一会烟。再一开腔，他眼神直勾勾看着三叔："你们都是有身份的人，这些事，用不着自己做，我们更专业。"

"这些事情有什么专不专业？哪个妇女做不来？"

"你看，现在确实什么都要讲专业，跟以前不一样。就算种田，都有专业的插秧队、锄草队、灌田队和收割队，用不着自己样样动手，花点钱，具体每样事都比自己做得更好。"

癫爷说："要是来一帮男的，有不方便，一定找你们。你看，今天我们也来这么多妇女，一个干两手，事事都妥当。"

"这毕竟是……毕竟不是人人都愿意干的事情。我们先前也不打招呼，闯进来，确实冒犯了你们。但是，就连这种别人厌弃的营生，我们还要想尽办法争取到手。你们看看这几个女的，全是猪不吃狗不要的剩货，她们只要能找到别的事情，哪肯来干这个？天天干这个，你以为男人不嫌弃，儿女出门不丢脸？只是为吃一口饭。"

老者眼光巴巴地看着众人。顺他所讲，我一想也是，那几个妇女，已经吃上这碗饭，哪里还有别的选择？有的人吃饱饭就去干理想，有的人理想就是吃饱饭，又何苦为难？众人沉默中，老者的目光又一阵搜索，接着他专拣了三叔，叫三叔垂下脑袋，耳语一番，如此这般。两人耳语时的样子引人注目，因为两人都是如此吃力。老者要捋开胡须找出嘴，才能清晰地讲话。三叔高老者一头有多，脑袋一勾，背脊就起一柱驼峰。

"三凿，你过来一下。你过来。"三叔朝那头招手。

三人去了卫生间。卫生间比通常的大，空空荡

荡，如果外面有护士看守，人就得到里面吸烟。刚
进去时，都听见三凿吼了几声，后面便静下来。过
一刻钟，卫生间门一敞，三人又都走出。老者走在
最后。"现在要换衣服，各位请移步。"老者发话。
秋娥一脸的不解，三凿拽紧秋娥，随着人流渐次离
开急救室。

陆

我们待在门洞处，正吸着烟，五叔身形突然晃入眼皮底下。

　　我有一年多没见他，这时得见，他高一脚低一脚，竟是有点跛。才想起，三叔先前提过，为让小儿子李李及时结婚，五叔独自一人建了一栋砖瓦房。他性情孤僻从不换工，现在建房找不着人帮忙。下至打基脚挖硬土，上至毡顶加盖钢瓦棚，都他一人完成，磨磨蹭蹭两年多。本来，这两年里也不闪腰不崴脚，算得顺遂，房子建起后，他一只脚竟慢慢见跛。他也不去找医生，说自己一把年纪，任务完成，瘸条腿正好少走山路。其实他五十刚过，已然秃顶，看上去和我父也差不了几年。他现在既当外公又当爷爷，到了该享福的年纪，但有嫁接技术，憋得手痒，又出去找工。

同来的还有李李，我最小的堂弟，才二十冒头，一脸不想事的模样。刚才班车一下高速，五叔便下车，李李已经骑了摩托在那等，这样保证最快时间赶到市医院。"我来晚了！"这是五叔第一句话。三叔就答："没有人及时赶到。"五叔走到我父面前，叫一声大哥，仍旧一脸怯生生，仿佛一直寄住我家。我父嗯一声。接下来是癞爷，是三叔，重点是三叔，予以安慰。三叔说："这个我想得通，是个撒（报应）爹的，没有办法。"三叔拍拍五叔的肩，也像是劝慰。

"不是这么讲，不是撒爹。她总有原因。"

"不这么想，还能怎么想？"

"事情弄清楚了？怎么先从单妮身上找原因？"

五叔三叔一个村住着，关系却不是太好，前面在处理我爷过世的事情上，就有争执。另外，我觉得跟我父也有关系。虽然都一屋子做兄弟，但关系有亲疏，三叔经常与我父喝酒说话，两家的来往自是更显着亲近。五叔性情孤僻不爱与人往来，加上陈年旧事压在心头，所以老认为我父有所偏袒，遇事说理向着三叔。毕竟一家人，一年总有几次碰头喝酒，说着话，起茬抬杠是常事。

但此时此地，三叔就提醒："怎么没弄清楚？这毕竟是我家的事，你刚来，情况慢慢了解，少参言。"癫爷也补一句："警察已经明讲，是自己从楼上跳下来！"

"好嘛，你家的事！"五叔仿佛如梦初醒。他左右看看，又问怎么不见三凿。癫爷就指一指不远处的门，说："在里面。已经把人穿戴了，马上要抬出来。"

"包好抬出来？抬出来然后呢？然后怎么个弄

法？"五叔一着急，讲话就前后黏滞，滚动播出。

"这还能怎么弄，先送回村里再说。"这时，只好是三叔发话。

五叔说："单妮学校来领导了么？领导来了几个，来了校长么？你们这么快就把这事解决，那学校都承担什么责任？"

我父说："这个你不用担心，刚才都已讲妥。学校虽然没有责任，出于人道主义，医疗费用、丧葬费用全掏，还要给抚恤金。"

"讲妥是吧？那好，讲妥都给多少？"此时，五叔直直地盯着我父，说话也是发冲，用侔城话说，杵头戳脑。我父一怔。此时，他定然没想到这老五——他曾视为儿子的人，突然在自己面前摆出这样语调。我父调整着自己，回答说："医疗费不少，一万多，丧葬是两万……"

"这些都没用，这些都是花出去的钱。一条人命，他们到底赔多少？"

"……不说赔，抚恤金是四万。"

"不说赔，还是他们打赏的？"

癞爷拽五叔一把："后面又主动加了五千。"

"四万又加五千，我的妈，四万五千。我没说错？"五叔眼皮子一翻，往上面看。此时天空，竟然明媚，一道道阳光洒布下来，但这时节，也生不出暖意。五叔又一个冷笑，并不吭声。"老五，老五！"三叔巨大的身形往这边挪，一手搂着五叔的肩。五叔甩开人，又甩开三叔，往病房里走，并叫喊三凿的名字。单妮已摆上担架，那几个穿护工服的妇人正待抬起。五叔抢前几步，一把摁住。

"放回去！"

于是又放回去。

三凿说："怎么了五叔？"

"怎么了？怎么怎么了？"五叔手一指，"她是谁？"

没人回答。三叔总是慢一步，但不会闲着。他再次拦住五叔："老五，你刚来，事情还没弄明白，不要多事。"

"我只晓得，一个活人，死在学校。这就够了。"

"你要搞清楚，单妮去了，我们家属是受害人，学校碰到这样的麻烦事，也是受害人。"

"好的，都是受害人，都吃了冤枉，那到底谁在害我们？难道是单妮？"

三凿说："妈逼的刚才我也这样想，学校哪个狗日的再也讲他是受害者，我就、我就……"下面有人接一句："叫他狗日的也跳楼！"

"哪个敢说是学校害死单妮？哪个站出来这么讲！"我父瞪着五叔，又说，"有事情先商量，你不要一来就把事情闹大。"

五叔又是一个冷笑，他说："闹大就闹大。我可以摆明了说，警察要抓抓我，要死死我。"

三叔说："不要动不动就讲到死。谁要你死了？"

"我们这些乡下人，再不敢死，只好一直被人当大脑壳摆弄。我有儿有女，我德行好，人丁兴旺，死了我也不亏。"

"单妮自己跳的楼，怎么是被人欺负？你把话讲明白。"我父意思还是要摁住五叔脾性，但话音已减小。此时，我父显然意识到，老五变得不一样。只是建了一幢房，怎么人的脾性也变了？乡下倒是有一种说法：娶一门亲，受三年穷；建一幢房，脱三层皮。

"怎么不是欺负？大家讲讲，死的要是城里人的崽，四万五，摆不摆得平？"

五叔竟然搞起互动环节，场面顿时炸开，在场众人马上参与讨论。有的说八万，有的说怕是要十万，有的麻起胆子说要二十万，就像拍卖不断竞价。斜肩妇女插言说："上月永靖县有一个死的学生，也拉到这里，后来学校赔了二十三万。"这就不是猜，是明摆的事实。她们干这个，自然掌握更多的事实，而事实胜于雄辩，于是激发出更多诧异之声。

"二十三万还是打发老实人，要碰到有背景的，四十五万都摆不平。"

五叔的说法引发一片哗声。他口中道出的，显然比大多数人心中估想的数目字更大。五叔又说："单妮为什么在学校跳，不是在家里跳？学校不收钱吗？你收了钱，我一个活人送进去，你让人躺着送出来，你还说你是受害者？你没有责任？这还是人话？你们竟然肯信？三凿，尤其是你。"

三凿说："我也是这么想。"

"你也这么想？对啊，你当然这么想。"五叔冲着三凿吼起来，两人默契地愿打愿挨。五叔嘴停不下来："上次双洁就那么死，抬进手术室没一个小时就横着出来，医院竟然又是没责任。要是我在场，绝不会有这种事。"

"当时我在场！"三叔说，"是的，当时是我不准他们闹。双洁是我孙女，我是她爷爷，我会向着哪边讲话？到底医生有没有责任，我看得明白。"

"选你当个村长，你就真的把自己当成领导。向着哪边讲话，你自己其实也有点搞不清楚。"

我父说："老五，你不要把事情越扯越复杂。"

"是的，总是我们乡里人把事情扯复杂，你们城里人就喜欢简单处理。"

"傅桐光，你什么意思？"

我父是资深高血压患者，年纪纵有一大把，火气从来压不下去。我们——三叔、癫爷还有我，赶紧将身体拼接成一道屏风，将我父和五叔隔于两侧。我父怒目相向，但也没用力挤过去。五叔则收住嘴，闪入人群稠密之处。他要讲的已讲完。他拆一包烟，一包王芙，交给李李要他见人就发。五叔自己不抽。

高级中学的领导见事情讲定，又讲一堆安慰的话，稍后便有条不紊地离去，留了宋奎元陪同这边。宋奎元刚才还作解释，市教育局就在医院不远，领导要过去一趟，有别的事情着急处理。但是有人问："是去吃早饭了吧？"刚才领导们也请大家出去吃点东西，估计到这时分，所有人都还饿着肚皮。宋奎元面露尴尬，说我也不吃的。

众人摆开等待的架势。宋奎元一看这情形，便往外面走。有人在后面喊，吃完早饭就带点回来。宋奎元说好好。又有人说，多带一点。宋奎元又说，好好好！走到转拐就将消失的地方，他还扭身朝这边，拱手作了个揖。

等得一会，倒是校长助理小满先过来。他从

另一个方向来，医院也有类似商务中心的地方，提供打印服务。他写好了协议，打印成文，一边往这边走，一边还捧起来看看，敝帚自珍的样子。后来知道，二十分钟前他就写好第一稿，禹怀山瞅一眼，这里那里还有那里都不行，骂了他饭桶，要他改过来，再把全文梳理一遍，标点符号都务必标准使用。

后来，不消说，禹怀山为拖延这二十分钟悔青了肠子。

而从宋奎元消失的拐角，范培宗又及时地出现，抢跑几步，和小满走成了并排。然后，两人就到了一堆人眼前。小满不合时宜地笑一个，而范培宗，作为一个领导毕竟训练有素，他的不苟言笑非常适合处理这些突发事件。他从小满手中拿过协议文本，找准三凿，跟他说："这个你先看看，有什么不合适的地方再改。"三凿没接。范培宗似有准备，又转身递给三叔。

这时，三凿冲他说："不合适的地方很多。"

"呃，你讲你讲，小满你都记下来。"范培宗及时回到原处，看着三凿，眼内怀有期待。

"把你领导叫来。"

"我……你跟我讲就行。"

三凿便是一个冷笑，这样的笑，竟有点像五叔。三凿的笑，也像是放出一个信号，乡亲们会意，配合，或者像是捧场，纷纷地笑。且有人说："教导主任，敢把自己当领导。"又有人说："五把手！"激起更多声部的笑。范培宗也陪一个笑，看看情势，还是转身去找三叔。三凿朝他背影提个醒："字是要我签！"

三叔说："三凿，少讲一句要死？"

"我不吭声照样要死。"

范培宗犹豫一下，还是把打印的 **A4** 纸递给三凿。于是，正如我与大多数人预料，纸被捏成了球，一个弧线飞向垃圾桶。又是笑，冷不丁地冒出，又悄不觉地戛然而止。范培宗看看情形，嘴里说好的好的，转身往外走。小满也走。有乡亲吹起一声唢呐，我一听是冰暴。冰暴豁牙，吹唢呐有漏气的声音，却霸蛮地钝响。

三叔这时说："三凿，我只问你一句，我讲的话你还听不听？"

"你是我爹，这次事情办完，回去你可以打我。"三凿一指病房的方向，"但我又是她爹，我不帮她申冤，就不是个人。"

"有什么冤情？"

"我冤了八年，双洁死的时候，我一声不吭。现在单妮又走了，我还要一声不吭？我还要等下一次？"他用眼睛在人群中搜寻，家顺还没赶来。

"你这么想，要出事。"

"我回去给你跪，这辈子你是我爹。"

众人又摆出等待的姿态。李李又一次发烟，我也走过去发烟。李李从右往左，我从左往右。人们接过烟，点上火，脚步轻微地挪动，可能每人皆是无意，但一圈烟发下来，再一看有了扇形的队列。不少人面部拉紧，像是要等待一场火并。跟红白喜事上放的港产电影不一样，即使面部拉紧，也拉不出酷炫狂踯屌的造型。平日他们只是一帮沉默寡言的乡里人。

再过一会，禹怀山领着学校的人，又走进来。他们有十几人，江道新已离开，但伍乡长仍紧密地站在他身侧。有两三人皆拎了便当盒，一盒重一盒。宋奎元端了一只大号铝锅，费力地端着，看样子是将哪家铺子一锅热粥包圆。有人和他搭手，他不要。他是体育老师。

这一头，五叔率先迎了上去，别的人也跟在后头。五叔腿脚不便，走得缓慢，后面的人也有意压住步子，只是跟随。于是，一个跛脚人打头，艰难的步伐，陡生一股凛冽。

柒

三老坐在走廊的椅子上。我父、三叔还有癞爷，他们态度明确，没有加入那堆人里头。三叔还念念有词，不该拿的钱，打死我也不拿！癞爷拍拍他，这当口，最好是拿眼睛看，不必叨咕没用的话。我也没有过去，站在门洞，那里高几个台阶，看两伙人渐渐靠拢，视野能有整体效果。不是我不想参与，我清楚，此时我应该跟他们走在一起。但是，必须承认，我只是一个两岁女孩的父亲，突然介入一个十六岁女孩的死亡事件。这个上午，有些事情看上去仿佛明白，再一琢磨又总不得要领。

我不敢轻下判断，因为自己身处当事一方。我清晰记得两年前一件事情，在妻工作的县医院，突发一起医闹事件，闹得很凶。一个八岁小孩，割阑尾意外死亡，院方公布死因是"术中突发恶性高热"，并表示"出于人道主义给予适当补偿"。死者父母，老实巴交的农民，在乡亲簇拥下冲到医院，拉横幅，敲锣打鼓，哭天抢地……这样的事，我主要听我妻的说法，印象中，她也没少说她们医院的坏话，给我一个处事公正的印象。"……死亡原因是要有依据，哪能乱说？只要懂一点医学常识，就不至于闹事。"妻说得铿锵，我仍有疑惑，因为百度了一下。"恶性高热极为罕见，几率极小，全国只有几十例啊。"当时，妻斜乜我一眼说："几率再小，撞上了也是百分之百！"这近乎诡辩，一时又找不出漏洞。我还是偏向于医院的说法，而死者亲属的医闹确实也在变本加厉，后来还不是警察摆平？有志愿人士掏钱，帮这意外死亡的小孩做第三方医疗鉴定。数月后终于有了结果，这小孩死于

"术后猝死"，而医院先前给出的"恶性高热"未获支持。院方须对这起意外死亡事件承担全责，予以经济赔偿。后面县医院赔了一百多万了事，一条人命。

那以后，处于事中，我就会反复告诫自己：不要以为自己懂，不要不懂装懂。其实，你他妈确实不懂！

冰暴和莫生民冲我走来，不由分说，一左一右拽住我，拉我融进队列。

此时，两拨人已经碰在一起，其情形，既不像井冈山胜利会师，也不像港产黑帮片里的风云际会。面撞面眼瞅眼之时，彼此都有些哑然，毕竟，彼此都不是街面混混，想要发狠，脸上挤不出有威慑的神情。稍后，禹怀山说："你们先吃点东西！"另几个老师便将一个个泡沫饭盒分发过来，殷勤、体贴。我肚皮不争气地叽咕起来，一打开，是两只包子。我闻见添了许多调料的猪肉馅隔着皮喷出的贼香。宋奎元用塑料碗给我们分粥。很快，响起吸溜粥皮的声音。到这钟点，人再硬挺，肚皮已经造反。

三凿两口子没吃，五叔不吃，还有李李不吃。李李来之前吃过了。李李在一片嘈杂的吸溜声中悠然地抽烟，有那么点遗世独立。

趁这工夫，禹怀山指使范培宗跟五叔单独讲一讲情况，范培宗又摆出刚才我们熟悉了的架势，随着讲述，一枚枚手指渐次屈起来。显然，这一阵他将整个事情又做了归纳，有了第一点第二点。五叔耐心地听，不时将头一点。

这帮干活的人吃饭快，饭后大伙自动聚拢到五叔身后，照样是扇形的排列，听范培宗到底要讲什么。

"……情况大概是这样。"范培宗滔滔不绝良久，煞个尾，抿一口自带的茶水。稍后又说："大家都是要讲理的，你也知道，你们死了亲人，我们学校失去了优秀的学生，同样难以接受，同样悲痛欲绝……"

"你们当官的悲痛个鸟，还妈逼欲绝！"是冰暴的声音，就在我耳畔响起。

禹怀山个子最高，威严地说："有这么讲话的么？谁给你骂人的资格？我们不是仇家，我们是一齐商量怎么解决这个事情。"

三凿也说："不要把话题岔开。"

这样，范培宗得以往下讲："我们学校的安保措施在全县都是做得最好的，晚上有宿舍管理员通夜值班。但女生宿舍上千人，一两个管理员守着，谁又能在三更半夜守着她一个人，盯着她的一举一动？"

五叔不吭声。

"你说是不这个道理？"范培宗说着还把一只手往五叔肩上搭。但五叔就是五叔，他将范培宗的手格开，并说："不讲明天的事，只讲今天的。人是死在你们学校了，你认不认？"

"这个……这是当然。"

"那我再问你，我侄孙女前天赶到学校时，是活的是死的？"

轮到范培宗一声不吭，他猛然醒悟，刚才那一通苦口婆心，全灌了聋子耳朵。

禹怀山说："刚才已经说好……"

"你们给钱了么？"

范培宗说："你们还没签字，怎么给？一签字马上给钱。是这个程序对不？"

禹怀山马上补充："我们把钱拿来，先给你们。"

"你的意思是，多少？"

"讲好的嘛，六万五，一分不会少。"

"六万五买我家单妮一条命？"

"话不能这样说，老弟。"

"我现在不要钱，我要一个活人！"

"我们都是过来人，不管什么事情，都要讲道理。"

"你有你的道理，我也有我的。我一个活人送到你们学校，现在要你们学校送一个活人回来，天经地义！"

"小兄弟，你的心情我理解，但人死不能复生。"禹怀山摘下眼镜，掏出手绢（一块手绢，而非餐巾纸）擦一擦。他又说："我的情况跟你一样，去年，我儿子也死了，比你这个要大，还在广州读大学……"

"也是跳下来？"

"不，是得病，直肠癌。"

"是死在学校里面？"

"是在医院。"

"那你不要转移话题。"三凿再次强调,"不属于我的,我不会要。我只要一个活人!"

"那好,你说我怎么赔一个活人?你说得出,我就做得到!"禹怀山不比范培宗,一把手有一把手的硬气。副职总是负责委曲求全,正职必须在适当的时候拍案而起。禹怀山把眼睛一鼓,凛然不可冒犯的模样。但在那一刹那,我忽然感觉禹怀山并不是一个难对付的人。

三凿和禹怀山眼对眼脸看脸时,五叔也靠过去,和三凿并排,眼睛也瞪起来。禹怀山一只眼盯一个人,也毫不落下风。他个子和三叔有一比,比五叔高半头,比三凿高几乎一头。他要保持一只眼盯一个人的态势,脑袋少不得略微地一偏。

对峙之后,又是五叔率先打破僵局。"就要赔一个活人!"他的叫喊了无新意,问题是,他一手捏拳，举高了一挥。他那么一喊，有发号施令的意思，后面不少人便跟从，像是某种条件反射。

就要赔一个活人，

就要赔一个活人。

就要赔一个活人！

……

一开始众口不齐，喊声交叠零乱，稍微喊了几声，步调便得整一，声音和声音的重合形成声浪。稍微喊了一会，气势便落下来，声音渐低。五叔再次振臂一呼，后面的人又接上。

禹怀山示意安静，但他两只手做出的手势，比不上五叔一只拳。他喊了几嗓子，被范培宗和一个不知几把手的校领导拉住。五叔往前进一步，这边众人的阵形也整体往前推进一步，那边的人，只好往后退。

那边三老也没法坐安稳，这时已走到核心地

带。我父说："老五，你今天是不是要造反?"我父

这么说时，一枚手指当头指了过去。

"人死了都不能喊，还要等到几时才喊?"

"有理不在声高。"

"声音小了，这些聋子耳朵听不见。"

"你跟我走到一边讲。"

"就到这里讲!"

"老五!"我父好歹将声音压住，又说，"你今

天最后听我讲一句，明天你认不认我这个哥，就是

你的事。"

五叔还待争辩，癞爷一只手已经搭在他肩头，

并把他拖向一边。癞爷年纪和五叔差不多，但有这

样一个辈分，五叔多少还是要吃他几分脸色。癞爷

拽一下没拽动，再次发力。五叔便像一棵小树，禁

不住大风，多摇晃几下就松了根基。

与此同时，三叔也将三凿拉到月桂树底下。虽

然想离人远点，声音倒听得清晰。三叔无非老调重弹，冤有头，债有主，自己再有痛苦，甚至是有冤情，也不能找不相干人的麻烦。三凿抗声说："怎么不相干？不扯上他们，他们这时会赶过来？"三叔作为多年的村干，讲理也头头是道，把那些领导赶来，讲成是体察民情，嘘寒问暖。又反问："人家赶来你就讲是有责任，就找人麻烦；人家不赶来，你拿石头砸天？"

"他们就是有责任！"

"有什么责任，你跟我一条一条讲清楚。讲不清楚，你还闹，今天你从老子身上踩过去。"

"单妮是死在他们学校。"

"怎么死的？你先讲怎么死的？"

"反正是死在学校。"

"那你讲讲，到底怎么死的重要，还是死在哪里重要？公安破杀人案，是不是根本不要查是谁杀人，只管问死在哪里，死在哪个家里哪个就抵命？"三凿平日只会低头干活，讲理讲不赢，只好承认："你是我爹，我讲不过你的。"

"那好，那就不要闹。"

"……只是，他们给得太少。一条命！"

这时我心口一咯噔，有同感。当范培宗主动表示加五千，那一刻，我便有怀疑，他们给少了。范培宗说这五千是领导的意思，也许是吧，但这钱总是要学校来掏。为什么要主动加这五千？我不惮于往坏处想，这叫做贼心虚。一个中学几千人，每年不是这个死，就是那个死，如禹怀山所说，学生的死就是个概率。他们对处理类似事件早有经验，我们根本没有。今天又摊上这样的事，他们心里面早已拟下了数目字，这说明他们的确负有责任。但责任在哪里？我承认这也是很专业的事，超出我的经验范围。我只知道，六万五低于这帮领导心里的数目字，说不定，是远远低于，所以，这五千块钱欲盖弥彰。

我已百度不少关键词，没有找出相应的处理措施，稍后又想到老同学钟程。他早几年也在高级中学干过，似乎快混到教主（教导主任）的位置，因为有一阵"教主"是他最新一款绰号。但节骨眼上，高级中学一把手突然换成禹怀山，一朝天子一朝臣，钟程只好滚去县职业中学。电话打去，他不接。他经常半夜看足球，白天来补觉，生物钟都紊乱了。有时下午叫他出来喝酒，他惺忪地回，这么早啊？濒临倒闭的职业中学，不点卯不查岗，倒是由了他任性。

在我父和癞爷劝说下，五叔慢慢勾下脑袋，只管听，不吭声。那边也是一样。再怎么说，五叔不能不认大哥，三凿也不能从爹身上跨过——只要爹不死，他就跨不过去，死了也不能跨。他俩都变得安静——他俩都同时变得安静，别的人也不好再起哄。射人先射马，擒贼先擒王，这比喻并不恰当，但事情总是这样。两拨人像学生下课一样站在一起休息，都看向五叔，或者三凿。这样，大概过去半个钟头样子，我父走在前面，癞爷依然攀着五叔的肩，回到人群中心的位置。三凿的情况也是一样。

禹怀山就主动握手，握了我父、癞爷还有三叔。五叔不肯握。

三凿说："我也没这个习惯。"

"那没关系。"禹怀山冲着三叔说，"我和伍乡长已经商量，鉴于你家的特殊情况，我就跟你来个痛快的。十万！"他还配以手势，左右食指在空中交叉。

伍乡长说："老傅，禹校长什么样的人，我清楚。他做事一向都硬扎，讲话从不松口。"

"这个这个，我也来句痛快的……"三叔扭头，又冲三凿说，"十万。"三凿啪啪地嘬一只烟屁股。

"十万。"三叔伸出两根食指，冲五叔交叉成十字架。

五叔回："好多！"

禹怀山叫范培宗和小满赶紧将协议重打一遍，两人忙不迭地走。这一次丝毫不耽搁，转眼就回。三凿和三叔各捏住 A4 纸一角，一块儿看。

"可以签了不？"

三凿看了半天，抬头又看看五叔。五叔说："这有什么好催的？"

这时，从急诊科走出彪人马，为首的是男医生，一看至少是个科长。后面跟了护士，以及保安，保安有七八个。医生说："已经一点过，我们一号病室你们已经占了几个小时，是不是应该把人先抬出来？"

禹怀山冲三叔说："事情我们两边商量，不要影响医院正常工作。"

三叔一点头，连鬓胡的老者和斜肩妇女便又现面。他们五个人，一直都在，但只要没他们的事，便隐藏在所有人都视而不见的角落。这仿佛是他们必须谨守的职业道德。老者说："还是我们来弄，你们尽管商量。"

三叔对五叔说："说好了，现在不作兴自己动手，要有专业人士弄。他们有车，提供寿木。"

"才十六岁。"五叔说，"哪算是寿木？要叫棺材。"

"你讲了算。"

三叔一挥手，老者就带着四个妇女往里走。一辆依维柯开到台阶口。这车经过专门改造，前面留有两排座椅，后面全部掏空，后门打开，已摆有一具棺材，看上去比通常的要小一号。我知道，被包裹的单妮也会比以往小一号。我记得她细腿长身的样子。今年过年时候三凿问她要买什么，她想了想，说要高跟鞋。三凿不肯买，但他理由不是通常家长会说的"你正长身体，不合适穿"之类。他说："不行，你一穿高跟鞋，就比我还高！"单妮笑一笑，也就放弃。

入殓之前，妇女们又放开了哭，那种满是乡野气息的哭。哭得不久，三叔冲她们说："还没封棺，回去有得哭。先忍一忍。"

一停都停了。

纸和笔再次递到三凿手里。此时，三凿神情有些不一样。他一贯不知所措的模样，这时突然敛起，面部有坚毅的神情。

三叔说："现在总可以签了？"

"我没签过字。"

"你会写字。"

"是不是要用这只手签？"三凿举起右手。

"你又不是左撇。"

"好的。"

三凿就将右手一直这么举着，走向那边花坛，随手就摸起半块砖。城南这些年日新月异地搞建设，哪里都不缺这半块砖。然后三凿蹲下去，将右手铺在地上，左手举起断砖一次一次往下夯。他口中念念有词："看你妈逼敢签字，看你妈逼敢签字！"他砸自己的手，左手砸右手，右手很配合。

秋娥跑过去阻止时，三凿已经砸了自己五六下。

三凿站起来，再次将右手举高，像举起一面红旗。

捌

小彤是开着车来，一辆宝蓝色雪佛兰，后面还跟着一辆丰田霸道。前面是小彤走出来，后面那车下来一个壮实男人，嚼槟榔，抽一支和天下，边嚼边喷。小车下来个娇小女人，SUV下来个壮硕男人，配搭十分妥帖。

我已有好久没见到小彤——三年，或是四年。她是我最小的堂妹，但是这么多年，几乎是几年能见一面，几乎没跟她说过话。在她小时候，我能每年见到。那时我们爷爷奶奶都在，过年要聚一起吃团圆饭，三叔五叔都来，带着各自子女。我父照例要发压岁钱，叫这一帮侄儿侄女排好了队，排队时就不忘应景地教训起来：大的让小的，小的先来。

李李是最小的一个，欢天喜地跑过来拿钱。

"我是谁？"

"你是大伯。"

"声音小了，听不见！"我父手搭在耳廓后面。

李李就扯起嗓门喊："大伯！"

"好的，李李听话。接压岁钱时，你要跟大伯讲什么？"

"恭喜发财！"

"你大伯能发什么财，呵呵。拿去，少买鞭炮。"

家族内的小孩发钱，外姓的就发糖果。一过年，乡下小孩都盼着城里亲戚回乡探亲，他们都不会空着手来，他们都是衣锦还乡。我父从不会将钱或者糖果一把塞过去，会将每个小孩都盘问半天，细细打量他们渴望又无奈的脸色。说实话，我在一旁看得难受，我知道乡下小孩想拿到糖果或者一点压岁钱，要付出怎样的心理成本。但没法和我父理论，这可能来自于他本人童年期的经历。从小到大，父亲经常跟我讲起他童年期受过的窘迫，试图让我珍惜眼前的美好生活，但我往往珍惜了数秒钟，生活依旧了无生趣地续杯。

轮到小彤拿钱，她通常见不着人。五叔难为情地说："这妹崽怕生，有钱也不好意思拿。"我父说："叫她来。她人都不来，我怎么给？""我去叫。"很快，屋外响起了五叔的叫唤，从洪亮变了凄厉，还带了愤怒，小彤仍是不露面。最终，我父也没法，将小彤那份递到五叔手里，要他转。其实压岁钱一无例外都是家长代管，小彤大概早已看透。

小彤初中毕业，想出门打工，我父叫五叔死活将小彤劝住。我父说："才十五岁，怎么进入得了社会？这是造孽！"五叔说："不怪她，我自己读书都读不上去。"我父说："我帮她找个学校，先拖她几年，拖大了再说。"他又走江道新的关系，让小彤就读市里的商专，学会计。小彤有了会计证，大施手脚，几年之后便在几个公司里面挂职，同时挣好几份工资。二十多岁，小彤就成为苑头村最有出息的年轻人，乡亲夸她，都说："一个妹崽，比她大伯更有能耐。"而我父慢慢看出来，小彤对他并无半分感激。"是条白眼狼。"我父说，"要是没有我帮她，她在外面打几年工，长得又有模样，说不定早被人拖下水了。现在既不来看我，撞面也喊都不喊一声。"我父深深地失望，他印象中，乡下人更善于挤出一脸感恩戴德的表情。我不这么看，乡下人也不能一概而论。小彤显然是条狠人，从小就是。这样的性情，不容易感恩戴德，只会痛恨命运不公。

和眼下的成功女性一样，此时小彤浑然一体民族风，身上有大红大绿的颜色，手上有好几串材质不明的手串，脚上蹬一双尖头的绣鞋。那男人脖子上的土豪金照例肥硕，随时贴在小彤身侧，粗手大脚，却又透着体贴和周到。小彤几时谈了男友，我也从没听闻。我们两家几乎是断了消息。

小彤先是走到五叔面前。五叔言简意赅："单妮死了，她们学校就赔六万五，现在加到十万。"

"加到十万。"

"他们认为十万很多，简直是仁至义尽。"

"仁至义尽。"

"这种事情，你也知道，我们乡里人只要不敢吭声……"

"他们哪个讲了算？"

五叔指一指禹怀山。

"叫什么？"

"禹怀山，高级中学的校长。"

"好大哟。"

小彤冲禹怀山走去，那男人紧紧跟随。刚才我听五叔叫他"三皮"，估计牌桌上混来的绰号。显然，刚才五叔用一招缓兵之计，所以三凿一只手光荣地负伤。但这争取到了时间，小彤得以从繁忙事务中抽身，并及时赶到。小彤完全可以当成男人用。

小彤走到禹怀山前面，禹怀山脑袋自动勾了下来。三皮挨近了后，禹怀山的脑袋又抬起来。李李也赶紧往那一堆人里走。这个既是他姐姐，又是现任老板，亲上加亲。三皮和李李左膀右臂一般站在小彤身后。

小彤就开了口："你自己是哪个学校毕业的？"

"你问这个干什么？"

"老娘要弄明白，哪个学校哪个老师教给你说，一个人死了只值十万。"

"按年龄，我足够当你爸爸。"禹怀山沉痛地说，"你要是来讲道理的，我们就往下谈。"

"你配吗？"小彤笑。

范培宗挤了上来："小姑娘，我还不知道你是谁，但我们都是你长辈……"

兵来将挡水来土掩，三皮赶紧去用肚皮顶范培宗。小彤一拽三皮的皮带，稍一用力，三皮就往后退，仿佛小彤天生神力。小彤说："没你什么事，你站远点。"三皮说："你是个女的。"小彤扬起声音说："未必哪个敢打我？"三皮闻言点了点头，脖颈后面的肉便一耸一耸。

这边正待热闹，又陆续有人赶到。小彤和禹怀山一撞面就不合拍，正好稍作歇息，看新人闪亮登场。一个骑着野狼摩托的男人，将车停在离人群不能再近的地方。车屁股绑有巨大的酒桶状的东西，其实只是个音箱。可想而知，车主平时也是一路制造噪音。那是小姑的女婿肖石辉，以前见面我俩也打招呼。他叫我淼大，我叫他辉哥，英雄相惜的调调。我一直不知他干什么，这么多年，没听人讲他上过班打过工，或是做生意，手头却从不缺钱。人倒是仗义，有时候我遇到个事，他一听到消息主动把电话打来，问我：淼大，要不要我帮你喊两车人？

肖石辉一来，场面一时安静。他骗腿下了摩托，个不高，打扮也属平常，但就是引人注目。他眼很凸，却空洞无物，给人感觉随时会干一些意想不到的事。这回他不好造次，被岳母娘吩咐过来，情况并不清楚，要先找人问一问。他看到我，就朝我这边走，问我怎么回事。我怕自己讲不明白，事实也是这样，我一直在看，在想事，就是要搞个明白。我叫他去找别人。于是他去找别人。

经过这次打断，禹怀山有机会坐到花坛子上抽烟。他脸色苍白，范培宗要递烟，要帮他点，也严词拒绝。他手下人多，一旦交锋，却又变成他一人。像京剧里面的阵仗，两个将军各自带着一彪人马，鼓乐响起，将军搞单挑，属下全在一旁吆喝闲看。

大门处又走入一个矮胖女人。我一眼认出来，是三凿的四姨、单妮的姨婆杨环秀。杨环秀是个能耐人物，四乡八村的人都知道她名头。她家住在水汊口，和莵头山上山下相望。数年前，县城一家化工厂迁至水汊口，排污把鱼虾弄死，连河底卵石都逐个变褐、变黑。是杨环秀起头，联络了水汊口仅有的四五户人家，到县城不断上访，最后是请人在晚报发了文章，将这事情彻底造大，导致化工厂搬迁，去污染更偏僻且没有杨环秀这号恶人的地方。那以后，村里人把杨环秀当成杨青天。

杨环秀一来，是有名人效应，人们隔了老远叫她杨总。她没法像平时一样和蔼可亲，一一回应，只是伸手招了几招，气场便远远盖了前面的肖石辉。挡在她前面的人自动闪开，辟出一条路，径直延伸向禹怀山。杨环秀离禹怀山还有两三丈，他就站起。杨环秀却不是冲着他，左右看看，随口就问："单妮在哪？"前面的人又重新让出一条通向依维柯的路。杨环秀脸上涌出许多悲伤。

这时候，又有一个妇女朝这一大堆人靠拢。我还以为又增加了个火力点，一看瘦高身影，只能是舍管员欧春芳。她仍旧一脸忧戚，看上去定是死者家属。

杨环秀的哭声像一顿沉闷的鼓，不是很响，却激起与之不相称的一片声浪，涟漪一般一圈一圈散开，钻进每个人的耳朵眼。虽是初次听她哭，入耳又觉熟悉，先前已听过传闻。她男人雷猛子，性情粗暴，既然娶到一个老婆，本想有事无事打着解闷。杨环秀矮肥，一看就是上好的移动靶。婚后没恩爱几天，雷猛子就拿她开练。杨环秀知道还手会挨更多的打，没用，便哭。哭声起初也不大，没想后劲十足，隔河的朱家和山背后的孤老石老六听得一样清晰。她可以哭上整夜。后面她跟人说："谁打我，我就给他哭丧，越哭越来劲，想停停不了。"雷猛子终于受不了，再听她哭，就往屋外跑。屋外是条河，他一头扎进去，潜进水底，耳朵才消停。雷猛子还跟人解嘲地说："这婆娘哭起来有用，第二天一早，河边总是能捡到一堆死鱼。"后面两口子感情很好，杨环秀要雷猛子抽三块钱的大鸡，他就决不敢抽五块钱的盖白沙。

在这敲闷鼓般的哭声中，高级中学一千人等都坐不住，站直身子，围作一团，一齐朝着喷发声音的依维柯张望。小彤此时也退到一边，双手交叠在胸前，后背倚着三皮。她是狠人，更是明白人，既然杨环秀出马，就不劳本尊了。

　　杨环秀的哭声带动了别的妇女一齐哭，既有
鼓动，又有胁迫。本来，这帮妇女个个都是哭的好
手。当她们都被带动起来，齐声哭泣，杨环秀便将
自己哭声打住，下车，由秋娥带领，走向她应该就
位的地方。人群又紧了紧，围成圈。

玖

三个老汉默默坐到走廊里。杨环秀来时，三叔就皱起眉头说："她来了又要当领导。"这么多年，三叔一直对杨环秀心存忌惮。三叔和三婶结婚数十年，纵然都是老实人，少不了会有龃龉。三叔一张嘴到哪都要聒噪，三婶却是一个闷人，所以一旦闹起矛盾，看上去就是三婶吃委屈。娘家人要给她撑腰，只好这个杨环秀来，指着三叔的鼻头就骂开。三叔一开始还要争辩，慢慢也就由着杨环秀数落。客观地说，三叔两口子这半辈子过去，都还风平浪静，杨环秀功不可没。

　　刚才在众人簇拥下，杨环秀朝着禹怀山走，别的老师又摆出掠阵的表情，禹怀山只好扔了烟屁股，硬起头皮。三叔就嘀咕："环秀是个人来疯啊，摆起这么个阵势，她都敢咬人。"他毕竟是富有责任心的村干，正嘀咕着，人便往那边走去，拦住杨环秀的去路。

"环秀，事情已经讲清楚……"

杨环秀收住脚："你往一边站。"

"环秀……"

"让开！"

三叔一怔，杨环秀身体看似在滚动，却像一缕风从他身边绕过，走到禹怀山面前。杨环秀和禹怀山对视起来，身高落差加长了目光的距离。杨环秀有几秒钟只是瞪眼，像是突然忘了如何开头。这时三叔拽她一把，正好让她有开口的机会，索性扭头过来冲三叔说："你有什么用？塔佬，你自己说你有什么卵用？"

"环秀，你跟我讲话怎么能带臊（脏字）？"

"又不是头一次，你自己都搞不清，只好由我当着别人打你脸。"

杨环秀要打三叔的脸，除非跳起来。我相信她跳得很高。

"我怎么不清楚？"三叔喃喃地说，他已习惯性被杨环秀压制。

"孙女都死了，你自己是哪边的人都搞不清楚。你滚一边去。"

"你怎么……"

三叔的话还没说开，癫爷就架起他一条胳膊，另几个乡亲又架起他另一条胳膊，拉着往后走。仿佛是在扯劝，其实有人心向背在里头。三叔哪能不明白，便也不发力，任人拖走。走离人群，便只有癫爷和我扶着三叔。癫爷此时说："你也是不看场面，人家在帮你家争，你自己却还拖后腿。"三叔说："不该拿的钱我绝不拿。"癫爷便说："不该拿的钱？你这一辈子就没拿过钱。"

　　杨环秀到底是见过世面的人，刚才把架势拉起来（所有人都如此配合着），仿佛一场遭遇战在所难免，其实只是虚晃一招；一转眼，她却和禹怀山摆起交心的样子。禹怀山勾起头，两人不紧不慢摆起道理来。围在旁边的人，慢慢也就散开。双方看似亲切交谈，谈的却是一条人命值多少钱，彼此自是不敢掉以轻心。看这情势，要拖不短的时间。

　　这当头电话又响起，是碧珠打来。

　　"怎么了？"

　　"单妮的病历我拍到了，用彩信发给你。"

　　手机屏忽闪几下，一页病历纸呈现眼前。平时我认不出医生的字，此时全神贯注，我仿佛无师自通考释甲骨文。是这么写：头部七窍流血，左枕部肿胀；双眼熊猫眼征，左耳后乳突区皮肤有小片状青紫，为颅底骨折的征象；双眼圆瞪，瞳孔始见散大，未固定。胸廓严重变形，挤压后可听见骨擦音；腹部皮肤膨降，挤压有振水音，考虑肝脾内脏破裂出血所致；骨盆挤压后有骨擦音，应为骨盆骨折；大腿见假关节形成，为骨折所致。综上应为身体左侧平行着地。心跳紊乱，颈部动脉、腹股沟动脉扪及微弱脉搏……

有些字结合前后文意蒙出来，所有的标点都是一个点，但意思很明显，我一个外行也一眼看出来。我把电话打过去，问碧珠："这么看，送到你们医院，医生一眼就得出结果。"

"必死无疑。"碧珠说，"到市医院竟然还有一口气，他们又多赚了一笔钱。"

"一万多。"

"他们有安保搞得好，敢收治，我们医院不敢。接这样的病人，一般都是惹祸上身。"

"也未必，医疗费是学校出。"

　　如果死在半路上，市医院就没有理由进行最后的抢救，他们最后要做的，仅仅是让家属看到他们已尽力而为。其实学校何尝不需要这样的场景？这厢已然悲恸，那边却做了一笔不错的生意，一个愿打一个愿挨。

　　来不及多想，那边的谈判似乎再次陷入僵局。杨环秀的声音陡然高拔，禹怀山也并不镇定，回以咆哮。我赶紧往那边走，人群已重新聚拢。我挤入人堆，见杨环秀已一手拽住禹怀山胸襟的衣服，禹怀山把身板一挺，杨环秀两只脚就得踮起来，但她手上有劲，拽得铁紧。

　　她说："灵堂就要设在你们操场。"

　　"操场要上体育课。"

　　"设在你们学校大门口。"

　　"你放开！"

　　"有种你推我一下试试。"

"你就是个泼妇。"

"你们有文化，弄死别人家孩子，还假装自己是受害者……"

也有一个老师试图救驾，想将杨环秀的手掰开。杨环秀冲他喊："你们人多是不是？你们仗着人多是不是？"

禹怀山冤屈地争辩道："到底哪边人多？"

一旁肖石辉冲那救驾老师喊叫："把手拿开，我俩单挑。"

那老师愕然，手却不松，掰得更使劲，几乎掰开，但杨环秀换一只手，又拽起禹怀山的衣襟。那老师继续掰，即使像猴子掰苞谷，也要掰。肖石辉就喊："你妈逼来劲了是吧？"他冲过去揎了那老师一手，老师扔不撒手，肖石辉拳头就挥起来，予以恫吓，似乎开始倒数三个数字。肖石辉手上没轻重，我堂妹两番住院，他事后总是争取一个态度好，跪地上把老婆接回家。我早盯着他，心想着自己也该发挥作用，纵无能力把事情解决，却有义务不让事情变得更糟。以前打球的底子还在，我挤过去，趁肖石辉还没数到三，情绪正持续高涨，出肘自后面勾住他脖子，掰歪，先卸掉他的力气，再将他拽出人群。

"怎么了哥？"他一脸壮志未酬。

"你现在打人，就是打钱。"我给他拨烟。

还有几个老乡围拢，从我这自行拨烟，纷纷表示赞同，并冲肖石辉说这时候不能打架，要打也等到对方赔够了钱。

"赔了钱更不能打。"我提醒他们，"打人就是犯法。"

他们也纷纷表示赞同。

杨环秀仍在和对方力争，不说钱，只说要求死者要在高级中学停灵三天，要全校同学参加追悼会。对方当然不同意，反复声明这会影响学校正常的学习安排。双方时不时飙出高音，杨环秀也想继续拉扯对方，但范培宗和另一男老师护在禹怀山身前，杨环秀很难触碰到对方。

"你看好了，"我跟肖石辉说，"说归说，动手是女人的拉扯，人家都有分寸。就你一把年纪，手上还没轻重。"

肖石辉笑，说这些都没鸟用。我问这话怎么说。他说不专业。我问你动手打人很专业？他就不吭声。他一般不服哪个管教，在我面前算得驯顺。他以前看我打篮球的时候才长鸡巴毛，没想后面变成我堂妹夫。这是他结婚那天，酒一喝多，趴我肩头上说的。

我拽他走到三老面前。三老一直坐在廊道的排椅上，看着那边，讲着人心不古的话题。肖石辉跟三叔说："三叔，这样搞不行。"

"要怎么搞?"

"环秀姨是有本事,但她一个人闹不出动静。搬尸体都有专人弄,这种事更要找专门的人来弄。在这市里,和医院闹事最厉害的是古塘冲和道井乡两拨人。他们什么都干得出来,敲锣打鼓放炮放铳,还有滚钉板喝农药,医院领导见他们就软脚。"

癞爷说:"我也听人讲过,他们是要分成。"

"一般是要四六,有熟人领路,三七开也能行。"肖石辉又说,"他们一闹没有大几十万下不来,分成给他们,到手的也比自己闹要多得多。"

我父说:"都成什么社会?"

"小辉!"三叔说,"你是没读过书的人,不要乱出主意。没文化,就晓得滚钉板喝农药,这些人家不怕。"

"我把他们叫过来,你看医院怕不怕。"

"不要叫,千万不要把你那些黑社会还有无

赖的朋友找来帮忙。我们丢不起这个脸。我们不涉黑。"

"三叔，电视里面都讲，我们没有黑社会。"

"不要讲了。"三叔说，"当年小娟嫁你我就不同意，果然。只要你不打得小娟住院，就是帮我傅家的忙。"

"……都是过去的事。"既然讲到这份上，肖石辉往下也无话可说。

那边时而激烈时而缓和，杨环秀精力十足，一个人对付好几个。小彤和三皮站在一旁只是掠阵，不敢冲突杨环秀主角的地位。禹怀山、范培宗等主要领导已经坐到桂花树下休息，抽烟，或者凑近了耳语几句。既然是扯皮，免不了会陷入拉锯和僵持当中，双方都要有充足的心理准备。

拾

激烈的场面对彼此都是巨大的消耗，稍后便形成僵持，展开漫长的谈判。在这个过程中，谁更沉稳，谁仿佛就有更大的胜面。

杨环秀绝不是个冲动的泼妇，她更擅长与人促膝谈心，她有足够耐性。那边的情况我们都看在眼里：禹怀山和范培宗轮番上阵，杨环秀却是独自担当。有时候，我觉得禹怀山不耐烦了，口渴了或者是想抽支烟了，便故意把声调拔高，范培宗便心领神会，赶紧过来把禹怀山替下。反之，范培宗则不敢拔高嗓门示意换人。禹怀山抽几支烟，屁股在花坛上挪了几个地方，确也无事可做，这才走过去把范培宗替下。肖石辉或者小彤要上前去助阵，杨环秀一无例外挥挥手。事实上，这让杨环秀越来越显得气定神闲。这让我想起小时候听到爷爷的一种说法：老两口推磨，人越推越累，磨越推越转。这是口耳相传的古训，杨环秀肯定打小听过，所以，碰到这样的阵势，她非常知道，怎样将自己变成一盘磨。

小彤发现自己无事可干，坐三皮的车离开，雪佛兰仍留在院内。我估计她是去吃饭。肖石辉也发现自己变成一个闲人，无用武之地，就朝我们这边来。他问我："淼大，这事情到底怎么搞？"

"你讲，你讲。"我只有拨烟。

"好像有点僵，看上去收不了场。"

"肯定收得了场。所有的看上去收不了场，都是为了收场。"

"……淼大，你讲话总是有道理。"

我敢保证肖石辉搞不懂，因为我自己就没

搞懂。

那辆大切诺基开进来，跳下三四个人，朝我们这边走来。我正对医院大门，看得清楚。天已有几层黑，每吸一口，火头蹿动便会在视野里一晃。肖石辉没注意到，但我凭穿着打扮，感觉那几人冲他而来。果然，这几人为首的，在傍晚时分戴墨镜的细高个，走来用鞋尖踢了踢肖石辉的屁股。肖石辉刚要爆粗，扭头一看，将脏话全吞回肚里，叫一声："麻老！"细高个在他们那堆人里头，肯定辈分极高。

麻老说："找你半天，去打牌。"

"有事。"

"有什么事？"

肖石辉不吭声，他定是在考虑麻老为何如此精准地找来此处。此前他又没打他电话。肖石辉脑袋不算好用，但天天在街面混，多少看得出事情，索性不吭声。人们以为沉默是一种难得的动人的品质，我觉得还谈不上，沉默很多时候其实是你确实不知道说什么。场面一时冷寂，麻老以及排列在他身后的三人，都齐刷刷盯着肖石辉。在傍晚的暗光里，他们几个人的眼神都很有神，搅成一股，抽在肖石辉脸上。肖石辉站起来，指着我说："麻老，这就是淼大，以前打后卫整个佴城……"

"不闲扯。"麻老说，"我为你的事专门出来跑一趟，桌面上亏了多少牌钱我都不计算了。我带你去认识一个哥，你一定要认识的哥。"麻老拽住肖石辉一只手。麻老的手像女人，细长，指节上套了数个戒指，戒指都很大很厚且有棱角，是否打架的时候能当成拳心用？我搞不清楚，反正佴大一个肖石辉，被个头只他半斤的麻老牵走。禹怀山还在花坛上挪屁股。麻老将肖石辉带到禹怀山面前，禹怀山站起来，试图握手，麻老却阻止他俩的手握在一起。他要肖石辉打立正，恭敬地叫一声，禹老或是怀老，总归不能叫山哥。我们听不清楚，只听到昏黑中肖石辉叫了几声，一声比一声大。同时，几步之外，杨环秀声音忽然飙高起来，可能因某事扯不拢，吼骂范培宗，范培宗一味地赔笑。

肖石辉耷着脑袋又走回来，冲我说："淼大，家里还有些事……"

"你忙你的。"

他后退几步，一转身快步走出医院大门。

我并不担心肖石辉的离去，但眼皮开始抽起来。我看了看杨环秀，她用不着抽烟喝茶喝咖啡嚼槟榔，精神永远都这么饱满，简直抖擞。毫无疑问，我们这个世界是为精力饱满之人准备的。通过肖石辉的离去，我看出来，高级中学养了那么多老师，解决问题未必里手，但一定将杨环秀的户籍档案个人经历查了个底朝天。事情如我所料。天色进一步地黑下来，趁着夜色，又有一对退休年龄的夫妻走入，和高级中学的人个个打招呼，接下便一左一右夹着杨环秀说话。他们显然都是熟人，杨环秀变了一副脸色。医院不知几楼的一个大灯涸出的灯光，照亮杨环秀半张脸，我们都看得出这份熟络。

眼下的问题，却是吃饭。我们在市医院的院子里待了整整一天，只在下午吃了些面食和粥。围于哀伤的气氛，当时谁都是敷衍似的吃几口，此时都已饿得不行。黑暗中，宋奎元以及欧春芳再次出现，每人手中一个大塑料箱，里面装着堆堆叠叠的盒饭。现在商家的品牌意识都增强，盒饭也弄得跟生产线上造出来一样，还用不干胶贴了店名和联系电话。豆腐酸汤密封在印了"烧仙草"字样的塑料杯里，可以倒出来喝，也可以插上吸管像可口可乐一样吸溜。

"都这时候了，先吃饭。"宋奎元发一份饭，将这话重复一次。欧春芳专给女眷发饭，时不时说："只好请你们吃盒饭。"有的女眷还回："挺好挺好。"

花坛和两小块绿地上坐满人，乡下进城做苦力的人，吃起盒饭个个熟练。空气中飘逸着盒饭的味道，浓烈、张扬却也是十足廉价。据说地沟油也是很香，且香得贼腻。饭已吃开，咂嘴声串联了起来，总觉得，还少些什么。我正在考虑这个问题，宋奎元又拎出一袋二两五的酒——稻花香，小批市里买来六七块一瓶。他是个周全的体育老师，走动着发酒，酒瓶在塑料袋内碰撞出很好听的声音。"要吗？要吗？"他拿出酒来在农民兄弟眼前晃动。没有说不要的，大多数人憋住自己，不好说一瓶真是不够。这帮干苦工的汉子，包括一些女人，晚上正是靠一点点酒精舒筋活络，换来些许的轻松畅快。

三凿不吃饭，秋娥也不吃。他俩坐在一丛修

茸为球状的万年青一侧，神情皆是呆滞。宋奎元拢了过去。"……事情已经这样了，饭总是要吃。"他把盒饭递了过去，又说，"接下来事还很多，整个晚上都是休息不了，你必须吃点饭。你俩已经一整天不吃饭了。"欧春芳也把盒饭递到秋娥眼前。我作为亲戚，也过去劝几句，但心里是想，在这时刻，他两口子简直是不能吃饭。怎么能吃饭呢？吃饭似乎足以说明，人已从悲痛中缓过劲来。这当然不行。

他俩不吃是表明态度，劝他俩吃却是我们应尽的义务。很多事都这样矛盾重重地展开着。冰暴过来："……我知道你想吃的，不要不好意思。天塌下来，饭都要吃。"冰暴还把盒饭打开，饭菜此时依然氤氲着热气，递到三凿面前，还晃几晃。"猪脑壳肉咧。"冰暴继续说。猪头肉的香味，天生像是被下了卤，且被冰暴最大限度地晃出来。三凿悲哀地睃一眼，很快又捋回目光。"冰暴，算了吧。"
这动作近乎恶作剧，我看在眼里愈加难过。一计不
成又生一计，冰暴拿出酒，拧掉胶盖，递过去。三
凿每天都喝酒。酒和饭不一样，再难过的时候，也
可以往肚里灌。三凿接过去就喝，似乎想一口将一
瓶造完，但他酒量不行，一下子被酒呛了。白酒呛
入肺，异常疼痛，三凿抚着胸口喘粗气，好一会喘
平，再将剩下的酒一口抹掉。然后他哭起来，声音
低沉暗哑，还挟带着肺的疼痛和胃的痉挛。

"算了吧算了吧，让他哭一会。"

吃盒饭这一会工夫，那边情况也有了变化。除
了那一对夫妇，杨环秀身畔还多一个女孩，二十上
下的年纪，穿得清爽，背着一个双肩包。我不认识
这女孩，去找癞爷打听，他也正好走来。黑暗中我
俩碰在一起，退到一处墙角。

"是她女儿。"癞爷往那边一指，指向模糊。我

知道他是说杨环秀，顺嘴说："都这么大了？"我对这女孩没有印象。

"……名字像是叫宝英。"癞爷又说，"在广东民办高中教了两年，今年想调回来。那两口子，男的以前是宝英的班主任，正在帮她进高级中学。以前杨环秀还没赚到钱，宝英是贫困生，经常住到班主任家里去。那两口子倒真的是好人。"

"明白。"

"没办法的事情。你是杨环秀你怎么办？"

我俩抽烟。我知道，事情只能这样，两边僵持到现在，拆招解招，其实已变成一帮泥腿子和全县最高学府比拼社会关系。高级中学一帮领导的策略很简单，擒贼擒王，对方所有活跃分子，他们皆找得到人搞一对一的防守，严防死守。虽然招式用老，动作难看，但就是管用。

杨环秀难得地沉默，坐在花坛，双手无措，偶尔用拇指食指卷动额头一绺头发。卷到最高处，再一圈圈放开。她女儿显然继承了她很多优良的品质，坐在她身侧滔滔不绝地讲，天生就该站在三尺讲台。稍后，杨环秀朝这边走来，她女儿一定要扶住她的左臂，这样她就显得有些蹒跚。

这对母女径直走到三凿两口子面前。

"三凿，这事情人家也是尽力想帮，学校也不是有钱的单位，你知道。我争了半天，他们答应给十二万。你看怎么样？"

三凿喃喃地说："一条人命。"

三叔也适时走过来，叫声环秀，又叫声宝英，然后说："你们辛苦了！"

"不辛苦，应该的，碰到这样的事。"杨环秀又说，"塔佬，十二万。刚才六万五的时候，你们差点也签字了。"

"我知道。你有事你就先去忙，这里照应的人很多。"

"讲什么话呢？我是单妮的姨婆。"

"你一直还没吃东西，先去吃东西，要有什么事，随时可以打手机。现在有手机，真是很方便。"

"是啊，真是很方便。"

杨环秀母女离开医院大门的时候，禹怀山、范培宗也坐上车走掉。这几个领导毕竟把几块难啃的骨头都啃了下来，现要找个地方补吃晚餐。或者，下属会知冷知暖地建议，是不是搞两盅？或者禹怀山说不了不了，那边叭地一撬，一瓶好酒打开……

"想什么哩？"冰暴把一瓶"稻花香"横塞到我手里，咣地一撞，他一口下去空了半瓶。

———————————— 壹壹

钟程将电话回过来，我看看时间，八点十二分。好家伙，这是他的晨起时分。虽然黑白颠倒，他倒是记得回我电话。

"早啊。"我问候他，并习惯性走出人群，去往僻静之处。

"今天稍微晚了点，几个电话，催命啊？有什么吩咐？"

"高级中学今天凌晨死了个学生，是跳楼。"我再走几步，又说，"是我侄女。"

"亲侄女？"

"这个没有干亲。"

"事情有点大。"他喃喃地说，显然没有完全醒转。他总是要望向窗外，花好一阵分辨晨昏。我提醒他要不要洗把脸，用冷水，再给自己贴两个耳光。他说，你说你说。接后是淅淅沥沥的声音，和冲厕所水流的涡漩之声。我说我等会再打，挂掉。他再打来，一口嗓音已然还阳，且显得低沉。"他们把照片都发出来了，现在学生也个个有手机。这样不好。"他感叹着。微信上的消息错讹太多，我有必要给他梳理整个过程。我尽量真实、客观，我需要他的意见。他是差点就做到教导主任的人，他的意见可以让我一窥当事另一方的态度。

"……范培宗也来了？"

我这时想起来，钟程没有当上"教主"，必是和这人有关。我说："禹怀山都来了，他当然要来。"

"禹怀山这头蠢猪。"他说，"要是用我当教导主任，他根本不用费这个神。"

"那是明摆的事！"

他还是踌躇了一会，可能饿得不支，胡乱用了些早餐。然后他告诉我，整个过程下来，校方行为都合理到位。惟一的漏洞在于，单妮跳楼之前，在楼道里待了近一个小时，且这一个小时的情况，监控画面里都看得到。然后，他说："你明白我的意思吗？"

这时，我忽然想起欧春芳无助的眼神。现在我恍然明了。一切不合常理的情况，都隐藏着你尚不明了的原因。

"你接着说，碰到这事，正常该如何处理？"

"……千万不能跟人说，是我告诉你的。虽然我不在高级中学，毕竟还在教育系统里面混。"钟程这时又清醒了几分。

"放心，我是看《红岩》长大的。我最痛恨的人是甫志高。"

"省城银南中学几月前发生过差不多的事情，

是男生，大白天跳下来，银南赔了四十万。当然，
两个学校的经济实力不一样，那是贵族学校，收费
高，赔得也多。换到平时，县高级中学顶多就赔个
十四五万，但现在……不管怎么说，还算时机不
错，全省教研教改经验交流会正在市里头开，禹怀
山这几天一定是加倍的小心。所以，现在找他闹赔
偿，价码肯定比平时高。"

"能到多少？你少跟我兜圈。"

"你家这个事情，我估计赔偿有银南中学的一
半，也就差不多了。"

"禹怀山和你想的一样？"

"只要他不老年痴呆。我们干这个工作，心里
当然要有数。"

我心里暗骂，一开始只给六万五，还不到三分
之一。在我打电话的这一会工夫，小彤已经返回。
她换一身运动衣，仿八十年代的梅花牌，胸前缝着

"中国"两颗白色的圆体字。三皮也用一身肉瓤将同款男式运动衣撑得格外饱满。因他俩的到来，已沉默许久的五叔，忽然从哪个角落钻出，跟女儿讲刚才的情况——无非是杨环秀、肖石辉都被摆平了，然后高级中学的领导们走掉了。

听着父亲汇报情况，小彤问三皮要一支烟，三皮递上来并负责点上。小彤一边喷着烟雾，一边仰头看向天空。深秋的天空，总是无限高邈，此时，天上已有星辰。她喷出的烟雾轻盈、流畅且丝滑，吧唧两口就往地上扔。然后她就走过来，穿越众人，径直走向三凿。

这一阵我们其实都关注着三凿。他一直坐在花坛发呆，双目焦点渺渺不知看向何处，忽然鼻头一抽，脸皮挤皱成一团，分明就是在哭。他强行抑制自己，咬起牙关，脸皮才又徐徐铺开，回复发呆的模样，如此反复不已。

小彤走过去，似乎要叫一声哥，却又忍住。她坐在他身侧，等了一会，终究拍了拍三凿的肩。

"十二万，你答应吗？"

"什么？"

"我是问你，十二万，你女儿一条命。你咽不咽得下这口气？"

"……你讲，你讲怎么办？"

"不能再等了。他们都搞不过那帮领导，现在只有我和你。我们现在必须就闹起来，要是闹不起来，别人也不会把我们当成人看。你要是不敢闹，马上讨了十二万，回家布置灵堂。"

"我听你的！"

"那好，我还有言在先。"

"你讲！"

"先前本来就可以闹，大家你一嘴，我一嘴，各有各的想法，反而闹不起来。从现在起，你谁也不要听，就听我安排。"小彤虎地站起来，又说，"你要下个决心，要闹也就今晚上的事，趁你家单妮……你要搞明白，现在别人反倒不急，我们急。"

三凿咬咬牙，表态："彤妹子，一切你讲了算。"

"不反悔？"

"是狗！"三凿又说，"到底要怎么搞？"

"你先起来跟我走！"

三凿要起来，蹴了半天又一直没吃东西，腿脚竟发软。小彤扶他，他强自将身板撑起，走路有点瘸。人们呼啦啦跟在后头，看到底什么情况发生，能帮则帮，能劝则劝。小彤领着三凿往依维柯走去。棺材一直放置在车腹，秋娥怕女儿寂寞，独自守在里面。她看见那么多人汹涌而来，一时发蒙，两眼又迸出滚圆的泪。三凿爬进车内，坐到秋娥身边，扶住她肩，耳语一番。

小彤站到车尾，一手扶住棺椁翘起的一头，一边大声说:"赶快把司机叫来。"

只数秒时间,那络腮胡的老者随叫随到。我不禁感叹,如此兢兢业业,只为吃一碗死人饭,倒真是难为他。

小彤问他:"车是你开?"

"随时可以开。"老者说,"五分钟,司机一定到位。"

"那你现在就打电话叫司机来!"

"往哪里开?"

"你管那么多?车子发动起来,我要你往哪里开,就往哪里开。"

老者只是赔笑,又说:"妹子,这是拉死人的车,不是想去哪就去哪。你要事先不讲清白,我们是不敢开。"

"你什么意思?生意要不要做了?"

"总要知道去哪里嘛!"老者将一口无奈的笑隐

藏在髭须深处。

小彤迟疑一会，还是说："去偰城高级中学。"

"……那里去不了。"

"给你们加钱。"

"不是钱的问题。"

"给你们加一千，什么话都不要说。"小彤一只手朝着三皮一摊，三皮心领神会，掏出皮夹子数钞票。他把钱一张一张从皮夹里抽出来，毛爷爷一次一次在夜色中微笑。老者接过钱，利索掏出一只老头机，摁一下，按键音便将夜空划破一道缝隙。秃顶的司机仿佛不是被叫来，而是这边一按键他就接收到空气中发颤的信号。

车发动时，车前站了一排人，我父、三叔、癞爷，还有高级中学留守的几位老师，宋奎元当仁不让站到最显眼的位置，车灯照得他浑身透亮。欧春芳则远远站在后头。此刻我已明了，这事情不处理妥当，她今晚是睡不着的。

"三凿你下来。"我父冲车里说。

三凿坐在车头不动，而小彤和三凿一同挤在驾驶副座，将门敞开，整个身体探出来。她手一挥，说："你们都不要管。你们管了一天，有什么结果？"我父说："先把车熄火，高级中学不能去。"

"怎么就不能去？"

"到地方九点多，学生刚下晚课……你设身处地想一想，你家小孩要在那里读书，会不会被吓着？全县的高中生都在那读书，这么搞，就是和全县人民过不去。你们年轻人，办事情一定想清楚。"

"本来也不想这么搞，但你们都看着的，高级中学那帮人把我们当人吗？"小彤脚踩在车内，身体完全探出车外。乍然间，我想起《青春之歌》里的林道静。她在学生游行时发表演讲，也是登上一辆车，也是这样的情景，且被拍成经典的电影剧照。而小彤不可能知道林道静是谁。

她接着说："那帮狗杂种，以为摆平了几个人，死一个人也就这么了结。说不定，那些狗官正在哪个地方敲背捶腿。单妮真就白死了么？"

宋奎元说："我们都在这里，这件事高级中学肯定要负责到底。"

"我不是说你。"小彤说，"我是说放屁放得响的那些杂种。"

"领导马上就会来。"

"不，我们不能等了。你们领导，总以为每个人都能摆平。今天要让他们知道，总有些人，除非是死，没人能摆平。"

小彤说话这会，三凿下了车。三凿从小彤身后艰难地挤下车，悄无声息站到车前，"叭噗"一声跪倒在地。

"三凿你给我起来，不能跪。"三叔失声地叫，过去拽三凿。三凿个子小，跪下去像个秤砣。三叔个子大，没将这儿子扶起来，索性伸出两手去将三凿端起来，就像若干年前，三凿还是小把戏，他要给他抽屎抽尿。三叔将三凿整个身体稍微端离地面，自己的老腰便吃受不住。"三叔！""塔叔！"我和冰暴各自叫法，然后一左一右，将他扶到一边。三凿仍稳稳地跪在地上。

"怎么能跪下去？"

"听他讲，他是有话要讲。"

此时，三凿脸上反而有潜沉的神色，等场面安静，这才开口："没有别的办法，都是他们逼的。这件事最终是我和禹怀山才能讲定的事，跟你们都没有关系。我女儿死了，我两个女儿，今天全都死光了。我遇到这样的事，活成这个样子，已经不好讲自己还是个人，哪有资格给别人当爹？我对不起单妮，对不起双洁，你们投胎给我当女子，你们倒了八辈子霉。现在，我只求你们让开一条道，让车子出门。我要把单妮带到哪里，是我一个人的事，所有后果我来承担。"

五叔说："三凿，站起来讲话。"

"我这种人，哪有站起来讲话的资格？"三凿苦笑，接着说，"我现在从这地上滚过去，哪个要拦我，哪个就把脚踩到我身上。"

他说完便在地上躺平，将手伸直。他左手还缠有纱布，沁出些许血迹。他个不高，双手伸直以后，差不多等同于依维柯的宽度。他身体滚动起来。他很瘦，整个身体扁长如梭，滚动起来很灵活。所有人都往两边退，留出道任他滚下去。他又继续往前滚了十来个圈，依维柯跟在后面，将三凿照得透亮。

三凿滚到医院门口站起，扭头看向我们。小彤打开车门，拽他上去。司机一脚油门，依维柯便出了大门。

在我身侧，宋奎元如梦方醒掏出电话。他调取的呼叫铃音是《两个娃娃打电话》，直到手机唱出"喂喂喂，你在哪里呀？喂喂喂，我在幼儿园……"，对方才将电话接通。

我们挤进癞爷的车。我们——我父、我三叔，还有我，来时的那几个人，现在依然挤一辆车。前面有几辆车子紧跟着依维柯，消失在夜色中。

"……快点开，要出大事。"三叔仍是改不了忧心忡忡。

"人都死了，还能出更大的事？"癞爷说，"我们都老了，不要替年轻人着急，该死的死，该活的活，其实我们什么都管不着。"

"是的呵，我们都老了。"我父也深深叹一口气。

"他们会在半道上拦截。这事情总要闹出动静，才会了结。"这话是我说的，不走脑子，脱口而出。

癩爷说:"那我们就等一等,再去看看结果。我们三个老东西。"

三叔忽然冲我说:"浩淼,你年轻,你要好好活。"

我又不好说,暂时还没有不想活的念头,所以我嗯一声。这时癩爷揪开车载收音机,一个年轻的歌手在歇斯底里地歌颂爱情。他真是蛮有心情,死了都要爱。癩爷调动旋钮,很快换成一个苍老的声音唱起地方戏。

———————————— 壹贰

如我所料，双方的遭遇战发生在伥城下高速不远，一个叫瓮寨的地方，距县城还有十里地。从市医院上高速口要二十分钟，行走四十七公里，约摸半小时再下高速，那边就有车将载着单妮的依维柯拦住。又过数分钟，禹怀山、范培宗、江道新甚至包括先前昙花一现的伍乡长，悉数赶来。

我们这车下高速时，有个人在等，是莫生民。他上车，坐在我身畔。

"……刚才搞了几仗了。"

"搞了几仗？是打起来了？"

"那倒没有。"莫生民讲话总是一句一句突兀地戳过来，语调又是不急不缓，反倒显得有点耸人听闻。他又说:"这个小彤,到市里混几年,现在可以当成男人用。她敢和禹校长搞事,脸对脸地骂架,一点都不慌。禹校长被她骂得一脸血,还被她用手机拍录像。我操,我们苑头能出这样的女人,我为她感到骄傲无比。"

"不叫拍录像,哪时候了,还录像! 是拍视频。"

"是拍视频,拍禹校长气急暴跳的样子,那样子像是要吃人,很吓人。但是小彤,现在我是她的粉丝,她一点都不怕。现在我发现,那些领导其实也是没有卵用,并不可怕,你要怕他你就只好缩头缩脑,你不怕他他也不敢咬你一口。"

"刚才到底怎么样了?"

"反正就是吵了几架,两边凑到一起就吵,吵累了歇口气,又走到一起吵。"

"怎么个吵法?"

"七嘴八舌,到底吵点什么我一时讲不清楚。"

"两个人怎么就七嘴八舌?"

"旁边肯定还有很多帮腔的。反正,我们这边一定要把车开到学校,那边一定不让我们走。他们讲要喊警察,小彤表示同意让他们喊警察,但是他们始终没有喊警察。是不是喊警察要钱?"

"不是这个问题,他们不缺这点钱。"我父皱了皱眉头,睃我一眼,示意我给莫生民解释。我发现这很有技术难度,我怎么跟他从源头讲明,此时此刻,禹怀山最不愿意将事情闹大?于是我给他打个比喻,好比两个小孩打架,个头大、手更毒的那个,就想把对方扯到僻静的角落痛扁一顿;而小个子毫无胜算,他只好尽量往显眼的地方走,让大人看见自己被打。

"你懂我的意思吗?"

"这还能不懂?我们小时候都这样。"

说话间我们已到瓮寨,前面灯光骤亮,一溜车

停着，车灯都开着。一小块地方，被车灯的光交织
得有了那么点璀璨。我们一路都估计着情况，现在
双方交锋大概有五十分钟（我们在依维柯开走三十
分钟后发车，在高速公路上一个四星服务区又拖延
二十分钟），都会有点累。这一天下来，每人必然
地累。这种累，是来自这种心情，以及这种氛围对
每个人的压迫。三凿两口子都坐在依维柯的驾驶副
座。当我们走过去，秋娥主动跟我们表白："到这
个时候了，这些狗日的根本不把我们当人。我们不
跟他们讲钱，一定要把棺材摆到他们学校里面，摆
三天！"三凿接着说："他们要报警，我等着他们
报警！"

小彤站在车旁抽烟，她很平静。三皮帮她掐了
掐肩，像是拳击比赛的回合间，教练深情地呵护着
爱徒。

我问小彤现在什么情况，我想只有她能给我最

简单且准确的回答。

"三十万，一分钱不能少。丧葬医疗不包括在里面。"她说。

"那边什么反应？"

"我不关心这些，我只想让他们知道，事情越往后拖，越严重，价钱讲不定还要往上涨。他们最好是不要搞得我心焦。"她显得胜券在握。

她的神情使我更为准确地还原了刚才的现场：通过几番交锋，一米五几的小彤搞得一米八有多的禹怀山焦头烂额，狼狈不堪。其实这也没什么奇怪，这两人不是比打，而是比泼，恰好进入小彤的特长领域，就像浪里白条赚得黑旋风下水，那就等着看谁消遣谁。小彤成功营造出"单挑"的情境，那些下属只能在一旁掠阵。小彤嘴巴占了上风，还有闲心，掏出手机抓拍对方的表情。据说禹怀山身心俱疲，索性掏出手机和小彤对拍。一个亮出苹果

5S，一个是拿国产老头机；一个仰拍，一个俯拍。肯定有一霎，两人都将手中的手机，想象成一把枪。据说小彤将视频一段一段地发往微信，搞现场直播，而禹怀山只是虚张声势地拍，他不玩微信。我没加小彤的微信，无法从 **Wi-Fi** 中调取禹怀山的窘态。我想，杨环秀曾经一战而成杨青天，而在乡亲眼里，此时此刻，小彤俨然就是杨环秀的升级换代版。她干的事是在杨环秀悄然溜掉之后。

高级中学那边已将价码抬高，同意给十五万，尚有十五万差距。我朝那边走，同时看看表，十点一刻。此时天色浓黑，满天星斗，公路上很少有车经过，经过的话也会在这团光晕旁稍停，或是减速，看看发生了什么事情。他们当然看不出发生了什么事情。

范培宗引着我去见禹怀山。公路旁边正好有个杂货铺子，里面还摆了两张圆桌，可以消夜，店里面提供烧烤、卤菜、关东煮和低档的酒水。他们当然没有心情吃消夜，又不能白占人家的圆桌，就买一大堆饮料，花花绿绿地堆在桌面。我进去，宋奎元就递给我一瓶"东方树叶"。我只喝白水。

我说："都搞到这时候了，一整天，不要再往下拖了。"

"这又不是我能说了算。"禹怀山苦笑。

"你当然能说了算，你是校长。价钱肯定也要加一些，要不然完不了事。你要是答应，我就两边转，把这事情尽快谈下来。"

"我为什么要听你的？"他瞬间变了冷笑。他虽垂头丧气，内置的表情包调取自如。"这个价格也不是我说了算，我们没有责任，只是本着人道主义的原则处理这事，却被你们不断地讹诈。"

"为什么甘心忍受？你们完全可以拍屁股走人。"我抽烟压一压时间，稍后又说，"至少，单妮跳楼前，你们的监控视频一直能拍到她，差不多有一个小时。这一个小时内，你们的监视器前面没有人。"

禹怀山迟疑一会："谁跟你说的？"

"这是明摆着的，我暂时跟谁也不讲。"

"……你先坐下来，坐下来！"他挪了挪他身边的矮凳。

很快，他用一种便秘的神情跟我表态，最多十八万，不能再多。他会顶着天大的压力，凑够这个数。我也不多讲价，我知道这种事免不了要多走几个来回。前面蓄势已久，要收场也不会是转瞬之间。我忽然领悟情报工作的重要。我走出小屋，阴风阵阵。

不久后，我走到依维柯的门边，三凿两口子仍然一齐挤在驾驶副座，一个仰躺着，一个趴着。看不清表情，两人脸上只有一些凌乱的光。

"哥哥嫂嫂!"

他俩扭头看我。

"这件事，还是要有个了结，按习惯，明天天亮以前，是要入土。"

三凿说："事情到了这个地步……"

"不管到哪个地步，都可以收住。事情要闹起来，也必须收得了场，要是等到翻脸成仇，收不了场，对两边都没有好处。人先入土为安。"

"你说怎么收场?"

"……还是要谈一谈价钱。"

"这不是钱的事情，是我单妮一条人命。"秋娥冲我嚷，"这不是钱的事，我不要钱。"

"嫂嫂。"

"我不要钱!"

"我是浩淼，我是单妮的叔叔。"

"哪个驴日的再跟我谈钱。"

　　嫂嫂骂人从来都骂驴日的。她爱养狗。我只
能暂时闭嘴，不远处，小彤和五叔听见秋娥嗓门扯
高，一齐走过来。"……这件事要有个了结。"我冲
五叔说。"是要有了结。"他同意。我示意他跟着我
往偏僻处走几步，离三凿两口子远点。小彤也跟过
来，她偶尔瞥我一眼，仿佛我也是敌人。我能理解
她，刚才的交锋未免让人红了眼，看谁都想干一
仗。我想提醒她，我是她哥，堂哥，我们共有一个
爷爷。现在不是时候。我避开她的眼神，继续说：
"五叔，火要一点就燃，刚才小彤做得不错。但烧
到火候，也要随时撤得下，什么事都不能搞得过
火。天亮前，单妮是要入土的。"

　　"你讲怎么办？"

　　"不管愿不愿意，价钱一定要谈，不会是我们
说了算，也不会是他们说了算。这当口，三凿两口
子不好谈，我和你可以干这事。谈得下来，他们也

不想把事情闹大。"

"道理我都懂。"

小彤看看我，又看她爹，说："一分钱不能少。是他们态度不好，拖到这个时候，不讲价。"

我不得不说："小彤，得饶人处且饶人。"

五叔也强调："他是你哥。"

她依然不看我："今晚谁都不要睡觉，要吵架我一个人够，要打架随时叫人。到市里头，到县里头，随时叫人。"她扭头，拿眼睛去找三皮。三皮瞟一眼就来到跟前。他说："我随时喊几车人过来。"我看看他，他的金链条仍在脖子上晃，被人油浸润着，不再光亮。我难以想象他俩的恋爱如何控制亲密的程度。但现在不适合开小差，我走近他，一手搂住他的肩，劲鼓鼓全是疙瘩肉。我年轻的时候最擅长在一帮肌肉僵尸间闪转腾挪，游弋自如。他的肌肉进一步绷紧。我凑着他耳朵说："你打电话。"

"什么?"

"你现在就打电话。"我说,"不要多,喊两车
人就够。"

他摸了摸左边裤兜,我拍拍他右边。他的那块
手机贴着我左腿外侧发硬。他掏出手机,他又看看
小彤。小彤头往一边撇,由着三皮怎么搞。他翻开
通讯录,从 A 字头往下翻,几乎都不是人名,而
是绰号,"阿佬""兵哥""八喜""宝盖""别老拐"
之类,他一屏一屏往下翻,很快翻到 Z 字头。我说:
"现在可能都睡了。"他说:"是啊,今天太晚。"

"……我不管了。"小彤大嚷,"都是些没卵用
的,活该遭人家欺负。"

她说完扯起脚就走,越过路边几辆开着灯的小
车,又越过几辆熄了火躺在幽暗中的卡车。于是我
交代三皮:"你跟过去。那边太黑,附近狗也多。"

"噢！"

当我再次走回依维柯的车头，秋娥看见我条件反射般地捂住双耳。她大叫一声："我不要钱！"

"嫂嫂！"

"我讲了，我不要钱！"

我无奈地看着三凿，示意他能不能让秋娥稍微平静。之后我退开几步，看着这对苦难夫妻在逼仄的车厢内耳语。三凿抱着秋娥，当她暴怒的时候，他就多用一些力气。我退到更远的地方，看着车厢内他俩相依为命的样子。范培宗还走过来，似乎看我们这边进展如何。我用手势示意他别过来。

我确定堂嫂足够平静了，才又走去。"堂嫂，你看着我。"她就呆滞地看我。"我是浩淼，我一定是帮单妮讨个公道，你信不信我？"她终于艰难地点了点头。

"好的，我们都知道你不要钱。但你要替他们考虑一下，他们只有拿钱来解决这个事。他们还能怎么办？”

“我不要钱！”

“现在，我们关着门，不讲没用的……谁都不想要这个钱，但是，怎么说呢？”我吞咽着，脸上相应是万难启齿的表情，“……讲是不要钱，但讲到最后，还是要拿钱。”

“那是一条命。”

“命已回不来，只要我们都是人，最后就只能谈钱。你说是吗？”

她吃惊地看着我。她抑制着自己，还待开口，三凿却已哭出声音。

等他哭停，事情的解决就变得异常的顺利。我和五叔、范培宗在两头穿梭四五趟，这边让点，那边加点，价格最终讲到二十一万。禹怀山嘴上坚认前面讲的十八万，伍乡长主动表态，还有三万由乡里面出。伍乡长说："老傅这好几年都是优秀村干，功不可没。他家出了事，我们不能不管。"当然，谁都知道这只是个策略，只是尽量做出仁至义尽的样子。

双方签字的时候，禹怀山斥责一众手下没用，并在我背后大声说："学校能有一个傅浩淼，我哪要操这么多心？"

壹叁

那棺材，看似比常规尺寸小，放进车腹又显大。两旁各可以坐两个人。三凿、秋娥坐一边，这边是三叔和我。三叔忽又想起来："上次送双洁回家，也是我们四个。"我记得清楚，但又佯作回忆，然后才说："好像是的。"

"八年了，一对撇爹的崽。"

秋娥抗声说："爹，你不要这么讲。"

"我就要这么讲。"他将自己呛出一片浊泪。

灵车驶出瓮寨，继续往前，我看看表，已近十一点半。我原本估计十一点左右可结束这桩事，一不小心又多用半小时。一些小杂事，会占用计划之外的时间，比如说数钱。数钱就在路边的杂货铺子。买他家那一堆饮料，顶多也就三四十块钱，却要借人家的地方处理死人的事情。店老板甚至不会想到要对此事提出异议。那一堆人民币堆在桌上，店老板的眼睛亮了起来，虽然跟他没有一毛钱关系。他的店里肯定从来不曾出现这么多钱。校方在刚才扯价的时候，已遣人取来这一堆钱，用蛇皮袋装着。有时候，他们效率会忽然提高。

范培宗说："剩下六万，一星期内会派专人送到你家，不必担心。这一点，协议上也写得清清白白。"三凿用眼睛找我，我朝他点点头。范培宗又说："那请你们点个数。"

杂货铺内，我们这边五个人：三凿两口子、三叔、五叔、我。他们都把眼睛盯着我，要我干这活。我把钱分成三沓，叫三叔五叔齐上阵，人多力量大。数十五万块钱倒不是累活，但在众目睽睽下一个人数半小时钱，会让那独自数钱的人觉得自己像在耍猴。每沓是五刀百元纸钞，我数了三刀，他俩各自才数一刀，然后各自掂出两刀码到我面前。我又数了两刀，然后说："不数了吧，都是对的，拿眼睛估也估得出来。刚从银行取出来，哪错得了？"

"不数了。"

"噢好！"

钱又用报纸包紧，放进两个重叠一块的灰色塑料袋内，都是店老板免费提供。袋口拴紧，递到三凿手里。三凿像捧骨灰盒一样把钱捧上车。

进入山路，没有百米是笔直，就一直这么弯来绕去，我对往事的回忆常因颠簸而短暂停顿，但总体还是流畅。十六年前，我二十出头，三凿大我三岁，刚结了婚。更早几年，他一直对杨环秀的大女儿，也就是姨妹子翠婷念念不忘。她傍着河流长大，身材好不说，委实太漂亮。这姨妹子有事无事也喜欢来他家串门，比如新收了老品种的香麦，可到邻居家磨粉，她一定要拿到苋头磨粉擀面。我吃过新麦擀成的面，带着擀面机的热烫马上下锅煮熟，人间至味。她喜欢听三凿唱歌，三凿也是越唱越敢唱。后来，三凿偷偷进城询问我父亲（他总是要见了面再问，即使打电话已经很方便）："大伯，我听说表亲不能结婚，堂亲也不能结婚，那么姨亲行不行？"我父回答："姨亲就是表亲。舅表和姨表，一回事。"

"这样啊。"他还是不死心，"为什么不行呢？"

"近亲结婚，生下来的孩子痴呆傻残，搞不好多颗脑袋少只脚，你说行不行？"

"……那不生小孩可不可以结？"

"为什么不要小孩？你是个农民，你不生小孩，以后老了怎么活？"我父微笑地看他。

后来三凿和秋娥相亲，三叔三婶都要他娶她，说秋娥是个好老婆。我去他家，三凿偷偷叫我去岩洞里喝酒，喝着喝着哭起来。在我印象里，苑头村和我一起玩大的一帮男人反而容易掉泪，没有沾染上城里人矫情的麻木。"秋娥还是丑了点。"他说，"和翠婷没得比。"稍后他又问我："你说我怎么办？"我说："你看着办。"稍后他又无奈地笑起来，跟我说："这餐酒都喂了狗。"

秋娥第一次生产的时候，我和父母都赶到乡下，这叫"围喜"，尤其要围头胎的喜，于主家于自己都兆好运。我们在屋外，秋娥在屋内，天断黑屋里亮灯，也点了红蜡烛，是结婚那天剩的。第一声啼哭本已让人惊喜，接生的麻婆忽然又高叫一声："还有一个。"我母亲不免感叹："秋娥肚皮这么大，我们先前怎么都没想到会是双胞胎？"

三凿和三叔各抱一个小孩给我们展示，她们脸皮皱着，眼睛没睁开，但她们分明是健旺的。三凿不停地说："赚了，赚了。"他很少有这种难以扼抑的惊喜。这一刻，三凿一定会相信，命里的每一个转折，于他都是馈赠。

转眼，两个妹子都已离去。我看见她们生，看见她们死，虽然两次别离时隔八年，但都是在夜色中搭乘灵车赶回村庄。有一霎，我相信其实自己也算活了一把年纪，虽然平常日子中老是浑然不觉，总要由一些突发的状况，激发人对时间长度的体认。

进了村，照样有村民来接，打着电筒和矿灯。不同的是，相较八年前，我明显发现这次来的青壮年更少，老弱更多，这使夜色多了一重气息奄奄。三婶在人群的前列，她已经哭过。她很能哭，这一天下来，我们完成了前半截，后半截要以她为主。我害怕听她的哭，她哭长辈去世，和哭小孩夭折，完全是不同的声调和情态，人在几里外就能听得分明。

三叔先下车，问三婶："家顺没来？"

"在家里睡。"

"怎么能在家里睡？"

三婶只是回答等下再说。家顺也在城里的小学寄读，凌晨出了事，三凿两口子没带他去市医院，正好老乡青岗要回苑头，三凿就嘱青岗接了家顺回苑头等着。单妮死的消息传到苑头，家顺在空空的火塘前坐了半个钟头，忽然疯狂地以头撞墙，一下一下，又一下，墙皮簌簌地脱落几块。三婶拉扯不住，只好往门外大声呼救，来了两个邻居，一齐将家顺捆紧，不能动弹，再放到床上。家顺挣扎了数小时，体力不支终于沉沉睡去，现在还没醒。

"就剩他一个了。"三叔说。

"一定要看紧！"不知谁嘴里飙出这一句。

灵堂不再设在自家堂屋。这八年里，村里通了路，路的尽头有一块篮球场大小的空坪，不作它用，专门用来停灵。灵棚早已搭好，帆布是有一年救灾队带来的，灰绿色，足够大，看上去也远比蛇皮袋布端庄。这时很冷，烧起两堆篝火，凑近了又很热。响一阵鞭炮，人们便循声赶来，交送赙仪。没有哀乐，只有哭声。三婶哭起来，几个中老年妇女便坐到她身侧，摆好姿势（哭起来怎么才好发音，才好持续，每个人都有着不同经验），择机进入，不久这哭便有了多个声部，丝丝不乱。三婶的哭当是最突出，别的女人，知道不能将自己的声音压了主音。她们配合了许多年月，还将一直这么配合下去。这边围坐火边的男人，侧耳倾听，有的还说："这批女人都死完以后，年轻的妹子就不会哭了。"还有人进一步感叹："她们什么都不会了，但她们日子总归过得更好。"又有人提出了质疑："现在她们日子过得几好，以前要是谁能过上这样的日子，怎么可能想不开？"

　　我不光是坐着，此时仍有任务。三叔将我叫

到一边，说："浩淼，你能办事，今天还有最后一个任务。"我心里想，已经是另一天了。我嘴上说："三叔，尽管说。"

"是这样，单妮天亮之前要入土为安，老规矩，不能破。"他嗫嚅着，又说，"坑也必须是三凿来挖，别人替不了。但他一整天没吃东西了，等下挖不动土。你要想办法让他吃点东西。"我说："好办。"

"他也一天没睡了，体力背不起，吃完要让他睡一会。现在是一点钟，他再迟四点半要起来，去挖坑。"

"看情况。"

我路上就已经想到这事，刚才在杂货铺里头花了一百六十八元买了一盒瓶子酒。我知道苑头男人们常喝的壶子酒，便宜，所以也是如何地难以下咽。我知道，此时此刻，能有什么东西比酒更易撬开一个酒鬼的嘴，以及肠胃。

"三凿哥，这时候了，要吃点东西。"

"不吃，哪吃得下去？"仿佛是种惯性。

于是我就将瓶子酒拿出来，费力地揭开盖，倒了半碗。我说："那你喝酒。"他说："不喝。"我递过去，他端在手里，嘴皮一启，轻轻一抹。有人送来一碟炒黄豆，我要他先吃点豆。他一把一把抓在手里，往嘴里揉。再喝了两个半碗，我说你多少吃点东西。他没吭声。先是端上来一碗米粉，上面浮了一瓢油汪汪的肉丝。他说现在很腻肉，没胃口。于是我去厨房舀了一碗豆腐。豆腐是新打的，当单妮死亡的消息传到这里，三婶一边哭，一边不忘磨豆腐。这是乡村守灵之夜必不可少的东西。

三凿端起碗，汩汩有声地喝下一碗豆腐。我问他够了不，他摇摇头，脸上又现出悲痛。我又去给他撮一碗。

篝火烧一阵以后，大小就正好合适，一帮男人将火围小了一圈，分享着烟卷和彼此的见闻。不知怎么就比起了狗。每家都养过土狗，有的现在还在养，他们便比起土狗的英勇事迹，这么多年，谁家的狗被自家狗打败过，人人都记得一清二楚。但狗打架是一笔糊涂账，傅庆斌家的狗打赢过莫生民家的麻条，麻条打赢过钟二拐家的三纵，但三纵站在傅庆斌家的堂门口，傅家的狗就绝不敢出门。说着说着，不再说狗打架，转而说起狗扯把（交媾）。一沾上荤腥，男人们的笑声便一点一点多起来。"亲戚或余悲，他人亦已歌。"我看着这夜的浓黑，在这星空下无限广袤的泥土之上，这些吃土啃泥的庄稼汉，只能如此这般将日子打发下去。

我扭头看三凿，他斜躺在靠椅上，已经沉沉地睡了。我这才松了口气，掏出手机，闹钟定到凌晨四点。时间一到，我还要负责喊醒三凿，叫他为自己女儿挖一个坑，尽量挖得深浅适宜，要找土层疏松处，让她钻回里面，就像她最初的时候钻出来。我忽然记起，等到那个时候，距单妮从楼上跳下来，整好一天。

图书在版编目（CIP）数据

一天 / 田耳著. -- 北京：作家出版社，2022.4

ISBN 978 - 7 - 5212 - 1511 - 3

Ⅰ.①一… Ⅱ.①田… Ⅲ.①中篇小说 – 中国 – 当代 Ⅳ.①I247.5

中国版本图书馆CIP数据核字（2021）第169468号

一 天

作　　者：田　耳

责任编辑：李宏伟

插　　画：弋　舟

装帧设计：任凌云

出版发行：作家出版社有限公司

社　　址：北京农展馆南里10号　　　邮　　编：100125

电话传真：86 – 10 – 65067186（发行中心及邮购部）

　　　　　86 – 10 – 65004079（总编室）

E – mail: zuojia@zuojia. net. cn

http: // www. ZUOJIACHUBANSHE. COM

印　　刷：北京盛通印刷股份有限公司

成品尺寸：120 × 200

字　　数：80千

印　　张：6.375

版　　次：2022年4月第1版

印　　次：2022年4月第1次印刷

ISBN 978 - 7 - 5212 - 1511 - 3

定　　价：58.00元